青春的毕业典礼

许霜／著

台海出版社

图书在版编目（CIP）数据

青春的毕业典礼 / 许霜著. -- 北京：台海出版社，
2025. 1. -- ISBN 978-7-5168-4079-5

Ⅰ. I247.5

中国国家版本馆CIP数据核字第2025FG6346号

青春的毕业典礼

著　　者：许　霜

责任编辑：王　艳　　　　　　　　总 策 划：王思宇
产品经理：聂　晶

出版发行：台海出版社
地　　址：北京市东城区景山东街20号　　邮政编码：100009
电　　话：010-64041652（发行，邮购）
传　　真：010-84045799（总编室）
网　　址：www.taimeng.org.cn/thcbs/default.htm
E - mail：thcbs@126.com

经　　销：全国各地新华书店
印　　刷：湖北金港彩印有限公司
本书如有破损、缺页、装订错误，请与本社联系调换

开　　本：880毫米×1230毫米　　　　1/32
字　　数：179千字　　　　　　　　印　　张：9.75
版　　次：2025年1月第1版　　　　印　　次：2025年1月第1次印刷
书　　号：ISBN 978-7-5168-4079-5

定　　价：99.41元

作者简介

　　许霜，2002 年生人。喜欢幻想，喜欢怀旧，也喜欢写点奇奇怪怪的小文章。生活简单，最开心的事情莫过于找一个没有事情的下午，播放着轻音乐，即兴写点东西。爱好不多，只有自娱自乐的水平。每天开开心心，遇事不慌不忙，就好像没有事情需要上心一样，实际上还是有很多的。

　　"我不知道你这个'许霜'的笔名是怎么取的，总之你加油。"六年的老朋友黑子哲也同学如此评价。总是追逐着看似不可能实现的梦想，结果怎么样？谁也不知道。慢慢来，有想做的事情就一点一点去做，就像构思故事时一点一点推敲一样。生活需要慢一些，才能多体会身边的美好与温暖，不虚度这一生。

　　许心以明是非，霜落便知秋至。最大的愿望就是让时间慢点走，既然做不到，那就算了，活出自己就足够了。

前言

距离告别的那一刻已经过去了很久很久，无数的回忆被永远抛弃在了时空长河中。四年前的那天，我离开了名为"高中"的大花园，进入了新的世界。这个世界每天都在变化，我无数次尝试全身心地投入它的怀抱：爱过喜欢的人，去过留恋的地方，追过虚无缥缈的梦……静下来想想，最让我难以忘怀的竟然是很久以前的事情。时间不断历练着性格和初心，也侵蚀着记忆和热情。不如趁着青春的末梢，把那些"幸存"的回忆写下来。

我也有一个理想中的世界：一个拥有神秘力量的地方，一所不大的房子和几个惺惺相惜的人。它与世隔绝，只有心灵相通才可以来到这里。地方不大，但是足以舒适地生活。我们拥有新的身份、新的关系和新的记忆，就这样一直生活，直到老去。没有争吵，只有幸福和爱。时间走走停停，也许会产生爱情的火花，也许只有平淡如水的日子，不过没有人会在意。陪在他们身边，无论做什么都是幸福的。

我想了很多，也创造了很多故事，最终完成了它。

如果注定不能在未来相遇，那我们就在过去重逢吧。

就这样，我开始写作了。

本书的人物、事件、地点、时间等均为虚构，与现实无关，莫要代入现实生活。故事于2020年底开始构思，2024年完结。其间经历了很多变故，加之水平有限，如有谬误或不当之处，请多包涵。

坐下吧，闭上眼睛。我的故事，就要开始了……

目 录

0

序章

夜空中的点点光芒

已经过去很久了，也许有上万年了吧？我不知道，也没有心思去关注这些。它们，还真是有意思啊，总能做出一些让我意想不到的事情。

在这里的生活实在是无聊，如果它们还没有灭亡，我就得继续忍受这种无趣。不过，既然已经许下了诺言，我就一定要把它履行到底，即使迷失在远离圣地的这里。

嗯？突然感受到了一股强大的能量，这是什么，竟然能直接到达我的面前？哦，原来只是一种普通的情绪啊，不过，它竟然如此强烈，难道……

你们终于让我打起精神了，人类。

我的力量……就帮你们最后一次吧。

待到太阳再次照亮你们的世界，你们将不再是自己，虽然这一点很难接受，但是有得必有失，不是吗？

睡吧，睡吧，不必考虑太多，这正是你们无论如何都想要实现的愿望啊。

不要醒来，不要醒来，去全身心地接受它吧，它不会让你们失望的。

梦醒时分，一切美好都将化作泡影，我讨厌这样的结果，相信你们也是。

至于别的事情，我以后会慢慢告诉你们，现在，安稳地睡去吧……

1

第一章

『船帆下』

一、一切的开始

"船帆，从今以后这里就属于你了。无论外面的世界风起雨落、沧海桑田，它都会保护你直到永远。你的妹妹在叫你，别让她等太久。醒来吧。"

"啊，什么……"

"姐姐，姐姐，快醒醒，你怎么了……"船帆猛地从梦里惊醒，一下子坐了起来，身旁的女孩子正焦急地摇着她。"我这是……在做梦？"

太阳升得很高，船帆慢慢悠悠地做饭，享受着油点和鸡蛋在热锅里跳舞的声音，她不禁又想起了那个耐人寻味的问题。

似乎，她很久以前就拥有了这样一栋山林深处的五层小楼、一片郁郁葱葱的大森林和这里的一切。只是，她觉得很空虚，不仅因为她无法想起有关这里的记忆，还因为，这里除了自己与妹妹船和以外，还从来没有别人来过。

船帆曾做过这样一个梦：她来到了一个巨大的黑色空间，和某个奇怪的声音说了什么，不知怎么就醒了。她对这件事十分疑惑，可每每回忆起那个梦的细节，总会感到一阵头晕目眩，最后一无所获。

"呀，姐，你怎么了？"船和闻到了食物烧焦的味道，赶快跑了过来，赶快掐了掐愣在那里一动不动的姐姐，强行将她的思绪拉了回来。所幸没有发生什么危险，锅也没有烧糊，只是食物烧焦了而已。二人在桌子前坐下来，看着盘子里黑乎乎的东西发呆。

船和知道，姐姐出现这种"症状"已经不是第一次了。有时做着别的事情，她就会像今天这样突然停住，不知在想些什么。"和，"船帆突然开口了，"我不是得了什么病，只是觉得脑海中缺少了一些记忆，关于这里的事情，还有我们的童年，以及很多说不清楚的。每次我在思考这些的时候，总会感觉时间在一瞬间停止了，之后就什么都不记得了。"接着她又笑了笑，"知道你担心姐姐，以后我就尽量不去想这些无关紧要的事情，再也不让你担心了。"说罢，轻轻地摸了摸船和的头。

在船和的印象中，她有记忆以来的第一刻就已经住在这里了。不过，很快暑假就要过去了，开学之后船帆想带她一起搬到城市去生活，因为二人都就读于城里的菲文路中学。虽然船和失去了曾经的记忆，但是船帆把她当亲妹妹对待，生活也衣食无忧，这样看来还是很幸福的嘛。

"和，别忘了收拾东西，咱们过几天就要走了。""啊？要去哪？""去城市，住在我的朋友那里，是一个离学校很近的地方。咱们要开学了，住在城里会方便很多，而且还能给你找两个新朋友。""城市？那里好玩吗？还有，如果我们走了，这里怎么办，而且……我们还会回来吗？""当然啦，咱们放假就回来。这里有些太冷清了，干脆趁这段时间招揽一些房客，把房子租出去吧，这样还能贴补家用。这里只有咱们两个人住，一点意思也没有。""嗯，我听姐姐的。"

城市的某个角落。

"哥，你在哪呢？船帆马上就要回来了，你不抓紧时间收拾屋子，跑哪去了？""老弟，我昨天刚跟你说过啊，我约了同学在外面玩呢。不说了，一会儿再聊，哎，我打电话呢，你们等会儿我……""唉，我怎么碰上这么个哥哥……"挂了电话，相予叹了口气开始擦地。哥哥相见比他大一岁，却一直是一副不务正业的样子，他虽然朋友不多，但总是有约，这一点让相予觉得很神奇。学习这么忙，作业这么多，暑假竟然还天天往外跑，唉。

相见二人与船帆一起住在相见的祖传老房子里。房子比较大，他们一人住一间屋子，还空出来了一间当客房，不过家里从来没有客人到访，所以到现在为止它还从来没有发挥过客房的功能，只是堆了一些杂物。除此之外，还有一个小客厅。三人都在菲文路中学读书，相见和船帆在同一年级，经常一起放学回家。慢慢也就有了传言，说他们二人之间似乎有一层神秘的关系。相予在好奇之下多方打听，也没弄明白是真是假。不过事情过了这么久了，二人的关系还是没有挑明，那么再猜下去就没有什么意思了。当务之急是把卫生搞好，尽量赶在天黑之前把屋子收拾完。"也是，我哥是个比较保守的人，这种事情放在他身上确实很违和啊。"

相予好像也遗忘了什么，他一直在想，相见是哥哥，但为什么会有一种很陌生的感觉，而且关于过去的事情，他也忘了很多……

但是日子就是这样平淡而充满激情啊。原本看上去很般配的人没有走到一起，本要离别的人们又相聚了，花瓣飘落如蒲公英般飘散，枝上又长出了新的花苞……感叹流水尚有归来日，时间却一去不返，从身边、从掌心的枯叶嫩芽中悄悄流走了。张开手看看，什么也没留下，甚至舍不得把难得的美好珍藏在手指的末梢。

"姐姐。"又是一个早上，船和轻轻扯了扯船帆的衣袖。"怎么了？"船帆放下书，笑着对她说。"我的记忆……""哎呀，都说了别着急嘛，姐姐会帮你找回来的，放心吧。"

"啊，我的腿。"相见一下子瘫在了沙发上。"怎么，出去玩还累啊？""那是当然，我们逛了一整天呢。你看，还买了不少小玩意。这个送你了，接着。"相见躺在床上，将一个小包裹扔给相予。"这是……乌龟？咱可不能这么骂人。""啊，不好意思，拿错了。这个是给你买的。"

相见的手中变魔术一般出现了一个小小的风铃，相予轻轻地接过来，把它挂在了书包上。"这可是玻璃的，你挂在书包上走来走去，多容易碎啊。""有道理。"又把它挂在了床头。

"船帆说她明天就到，今天先睡觉吧，明天咱俩早点起来接她去。""嗯。"

人生的某些片段总是那么令人怀念：和心上人的对视，静静等待亲人的归来，忙碌中的短暂休憩，对未来的期盼和焦虑……记忆被时光打散，飞溅到广袤的大地与星河，只有深深扎在心中的那些才会成为最刻骨铭心的，与其他难忘的经历一起，指引前进的方向。我们永远都在前进的路上，只是方向不同罢了。待到山花烂漫，无论是最终完成夙愿还是停在半路，终归化为风雨，永远留在最为心心念念的地方。

"挂好啦！"出发前，船帆把一块牌子挂在大门上，"这样如果有人没地方住，看见它就会搬进来了，等咱们再回来就会热闹很多啦。""太好了！咦，上面写的'船帆下'是什么意思啊？""这个嘛，是我给这里起的名字，以后大家都会在我的房子里住下，一起生活，所以我就这么叫了。""好，那我们走吧？""嗯。"

旅途终归有结束的时候，命中注定的人，距离再远，终会有相遇的那天。

"和，我们到了，打个招呼吧。""帆姐，欢迎回来！""船帆，这是谁啊？""啊，你们好，我，我叫船和……"

就这样，船和在这里住了下来，没有掀起什么波澜，日子还是一如既往的平淡。

时间一天天过去，"好像还是没有房客打来电话呢。""姐，我觉得人少一点会清静一些，也很好啊。不过，如果他们俩也搬过去，应该会很好玩吧？""他们俩？我倒是无所谓，他们愿不愿意可不好说，谁知道那个相见脑子里一天天的都在想些什么，再把风水带坏了。""哪有这么严重，姐姐，那予……""予？哦，你说的是他弟弟吧，他应该……哎，你们俩不会……你还是小孩子呢。""啊，没有没有……""那就好。我出门买点东西，你在家好好写作业。""嗯。"

"唉，真希望快点长大，快点长大……然后去做自己想做的事！"

一段平淡而奇妙的故事，就这样开始了！

二、未来的旅途

"好累啊，真想好好睡一觉。"相见把不知道装了什么的布包砸在地上，又一下子把自己扔进了沙发里。

"我觉得还好啊。"相予放下书包倒了一杯水。"别的先不说，明明是你参加成人礼，我就一过去看热闹兼拎包的，怎么比你还累……"相见把拖鞋甩到了茶几上。"因为你没参加过啊，我看你心气比我还高呢。当然了帆姐也是，我看你们俩全程都在左顾右盼的，不是挥手就是照相。""那当然，虽然我们俩都没参加过，不过我觉得她应该比我更好奇。话说回来，你们俩感情真是一天比一天好了啊，我跟你帆姐出去买吃的了，你们俩还在里面玩呢。""我估计也就这几天能见到她了吧，唉，她们俩以后应该就要回帆姐那边住了吧，不知道什么时候才能再见呢。""要是喜欢她的话，你就跟她说呗，你已经是，那叫什么，成熟的男子汉了，这么点小事怎么扭扭捏捏的。""你不也一样……""我怎么了？我又没参加过成人礼，我现在还属于少年儿童呢。"

想了想，相予还是试探性地问了他一句："你跟帆姐……"相见立刻甩甩手，"我们俩没关系。""不是这个意思，我是说，这几年你没少照顾我们仨，说明你也是个足以撑起一片天的人啊，所以你们俩要不要考虑……""算了吧，我不值得。""咦？你平常都挺自信的，怎么现在……"似乎每次谈到这个话题，相见总是回避着什么，而且话题也会就此终结。半晌，相予说："都这个时候了，你饿不饿？要不我做点吃的去吧，我饿了。""好，我要两个荷包蛋……"相见摆摆手，很快就睡着了。

"砰！""啪！"

"谁开灯了，怎么不提前说一声，吓我一跳……"相见翻了个身。"几点了就睡觉，屋里这么黑也不开灯，你们俩要疯啊？""帆姐回来了？"相予听见声音，从厨房探出头说。"看看你弟弟，再看看你，一天到晚不是在屋里闷着就是在外面躺着。""哎哟，我这就起来，"听见船帆的声音，相见赶忙爬起来，"我上屋里睡去，相予做好饭叫我出来吃。""嘿，你……"

"好啦姐姐，咱们收拾一下准备吃饭吧，我看予也差不多做好饭了。""也好，别让那个相见扫了咱们的兴。哼，亏得我还给他买了东西……""谢谢你啊，麻烦你一会儿放我屋里。"相见打开门说。"这时候倒是不困了……"

一个小小的礼盒趴在窗台上。相见关了空调盖上毯子，犹豫了一下，还是起身拉开了窗帘，让月光充满整个房间。

"以后咱们怎么办？"相见不禁回忆起几个小时前自己和船帆一起洗碗的情景。吃完晚饭，相予、船和在看电视，二人正好借洗碗的机会谈一些"大人"的话题。以前就是这样，趁着相予、船和进入梦乡，船帆、相见就会在厨房里谈一些，例如四人的未来规划，考取驾照买车，接送二人上下学，添置家具这样需要慎重决策的，也是在学生时代不需要思考的"大人话题"。"你是怎么考虑的？"船帆平静地说。"我的想法是，让相予搬到你那边住吧，他和你妹妹就这样分开，我觉得是一件很痛苦的事。虽然我比他大，但是他帮了我很多，没有他就没有今天的我。他独立生活没问题，我也可以一个人经营这边，你那边不是有好多空屋子吗，就让他搬过去吧，有事你们好照应。""原来他们俩的事情你也察觉到了……不过，你真是这么想的，你留下他过去？"船帆用一种奇怪的声音笑了一下。"嗯？这有什么好笑的吗？"相见把洗涤灵的瓶子倒了过来，试着挤了挤。"我就知道你是这么想的。算了，我就直说吧，我想让你们俩一块过去，咱们四个在一起更方便互相照应。而且这两年没有其他人联系我入住，你们就算一人住一层都不是问题。""我……有必要吗？"

"你说呢？将近两年没回去了，不得有人打扫卫生？到时候你去通知相予，就说一时半会不回来了。""我……""我什么？就这么愉快地决定了。"说完把筷子上的水甩到相见身上。"哎哟！"相见笑了，捧过一点水也洒到了船帆身上，船帆也笑了。

"给你买的，放你书桌上了。"

思绪拉了回来，相见的视线停留在了那个小盒子上。是什么呢？他没有打开。平时他做事总是干净利落，唯独今天，每次要触碰它的时候，总有一种退缩的情感支配着他。为什么呢？明明只是一个小物件而已。

虽然相见与船帆之间的关系似乎已经固定在了"朋友"上——至少相见这么想，但是桌子上偶尔会出现对方送的小礼物：带有喜欢玩偶的小挂件，逛商场买的小东西，旅游的明信片……自己也买了很多船帆喜欢的东西作为回礼。在大家的眼中，相见没有拥有过像样的感情生活，即使是他的弟弟问起，他也只是随便搪塞过去，因为真的没有什么可说的。今天船帆说以后还要住在一起，相见自然没有多想，只是认为四个人在一块更加方便而已。

他是一个十分"独立"的人：平常一个人独来独往，哪怕面对弟弟相予，他的话也不是很多。在学校，除了船帆偶尔找他有事以外，他一般都是一个人，和班上同学的关系也只能用"还好"来形容。相见曾是校合唱团的一员，与音乐老师和其他成员之间的关系还不错，除此之外就没什么社交方面的"成就"了。

"明天再说。睡吧。"

……

"这是哪……"

再次醒来，相见发现自己躺在一个漆黑的空间里，远处有亮光。好像感知到他的脉搏一样，那些亮点逐渐延伸，变成线，最后构造出一个大立方体的轮廓。

"我这是在哪……"起身走了走，并没有什么不适的感觉，只是这个空间好像无边无际，怎么走也走不到头。

"你醒了？"一个低沉的声音在空中回荡。

"你是谁？"相见没有惊慌，只是停下了脚步。

"你是第一次来到这里，对吧？"那个声音依然没有任何感情。

"不是。我是第二次来了。"思考了一会儿，相见说。

没错，相见很早以前就来过这个空间，应该是在毕业以前吧。他很害怕，不顾一切地向视线中的边缘跑去，累得瘫在地上。惊慌的喊叫声被相予听见，最后被相予叫醒了。

"嗯，那你应该还记得我吧？""你的声音我这辈子也忘不掉。"那种冰冷的声音，无论是谁，只要听过一次，都会终生难忘的。

对话停滞了一会儿。

"找我过来有什么事吗？"相见坐在了地上。

"就是想你了，想好好看看你。"

"哦？"相见觉得这句话说得有些莫名其妙，有些想笑，但没笑出来。想了一会儿，也想不出其他什么可以说的。

"如果你对这里提不起兴趣，也没有什么关系，但是你要知道，这里不是你一个人的'私人空间'，船帆、相予，还有很多你可能已经忘记的人，与这里都存在着千丝万缕的联系。""什么意思？""很惊讶？虽然我很想让你明白，不过还不是时候。今天就到这里吧，我们的时间都很宝贵，所以，把时间多多倾注在你爱的人身上吧。现在，你可以醒来了。"

"……那我走了？"相见有些疑惑，不知道该说什么，只挤出了这四个字。

意识变得模糊起来，那个声音也越来越弱："我们还会再见的……"

又是一场不明所以的梦啊。天已经亮了，能依稀听见厨房里相予做饭的声音。新的一天就这样开始了。"那个声音……是怎么回事啊？"

穿好衣服坐在桌子前面，相见想了很多。从拥有到失去，有时只是一瞬间的事。曾经的奇事盛景，有可能在一瞬间就成了过眼云烟。也许，只有经历过沧海桑田才会发现，生活的美好总是源于最容易被忽略的人和事。在陌生的世界中，即便因为没听见闹钟被船帆泼了杯凉水，也是那样的亲切。

"见，睡傻了？"船帆用筷子戳了戳相见的脸。"啊？哦，我没事，吃饭吃饭。"相予给船和夹了一块培根，船帆在偷偷看着自己。阳光已经越过了东向的窗户，又缓缓伏在了相见的后背上。

相予、船和失忆，自己也有很多事情想不起来，这样一个谜团，只靠自己思考是得不到结论的，不如和大家在一起，这样在生活上还能有个照应。他们是难得的密友，相见也没有抛下他们的理由。而且过去的生活简直一团糟，有这样一个改变的机会，为什么不抓住呢？

想到这里，相见不再有任何心理负担了。"好，我决定了！"他把鸡蛋拍在桌子上，"大家收拾东西，相予，我们要去船帆那边住了！"

"来就来呗，你嚷嚷什么……"船帆笑着站起来，"又弄一桌子鸡蛋壳，桌子你收拾。""嘿……"

三、再一次团聚

"走喽，我们出发喽！"迎着清晨的阳光，船和把最后一件行李搬到相见的小破车上，蹦蹦跳跳地跳上了后座，挤在相予的边上。

"我说，你就不能换一辆大点的车？空间太小了。"船帆坐在副驾驶位，尽力往后靠才能勉强将腿伸直，接着又把空调出风口拨向自己。"没办法，凑合一下吧，目前只有这辆。再说，东西这么多，搬两趟不就行了，偏要一次把所有的东西都带上，后备箱放不下的只能放后座……"相见拧了几下车钥匙，把出风口调了回来。"行了行了，说那么多干什么，快开车吧。别抢我空调。"

"妹啊，最后看看这里吧，以后就不会经常来这边了。"船帆回头对船和说。相见放下了手刹，"不知道那边的环境有没有这边好？""在说什么？到了我那，你肯定就不想回来了。好好开你的车，真是的。"说完用手指点了一下相见的头。

小车晃晃悠悠地开了起来。相予靠着船和，二人望着窗外不说话。船帆的眼中映出了熟悉的街巷：四人共同的母校菲文路中学，第一次带着妹妹逛的商场，期末考试后简单聚餐的饭店，和相见一起去过的剧院……不想了，先藏在心里吧，留待以后慢慢怀念。

花一般的城市已被四人甩在了后面，偏僻的高速路两旁荒无人烟。船帆看了看，后排的二人已经睡着了，相见则面无表情地开着车。"船帆，'船帆下'怎么走啊？"相见问她。"你这车上有导航吧？我来给你标一下，你专心开车。这……""怎么了吗？""我……在地图上找不到。那先按我的印象走吧，我大概还记得在哪。""啊？那得开到什么时候……"

"怎么了，我们到了吗？"相予被吵醒了。"没有，你那倒霉哥哥的导航不行，你继续睡吧，到地方了我叫你们起来。"船帆说。"哦。"相予揉揉眼睛又睡下了。"会不会是你找错地方了……"

兜兜转转跑到了月亮起床的时间，终于在油箱见底之际看到了"船帆下"的小楼。楼里自然没有灯光，只有星光和月光照明。相见凭着直觉勉强停好了车，车灯照出了大门的轮廓。"我们到了。"相见拍了拍睡着了的船帆。

三人迷迷糊糊爬起来，准备和略微疲劳的相见一起把行李搬到楼里。"船帆下"的牌子依然挂在那里，却没有任何人到来的痕迹。门上夹了一片树叶，应该是在船帆二人离开时被门夹住的。"果然没有人搬来这里啊，还是那么安静。"但是相见注意到，那片叶子依然是绿色的……

"看什么呢，一片叶子看半天，旁边都是树，你要是喜欢这玩意，明天我带你到树上摘去。各位，今天先凑合一晚上吧，别的事情睡醒了再说。"

"船帆下"不是很大，虽然一层楼只有一户，但是一共五层楼的高度完全能在外观上弥补"底盘"看上去不大的劣势，而且实际上，里面的空间比相见的老房子大多了。一楼是船帆的住处，她与船和很久以前就住在这里了，已经布置过了，就是不知道两年的时光能给精美的装饰带来多大的冲击。二楼以上除了墙壁刷漆以外基本上没有家具，门也已经很旧了。

"姐，别撞门了，得用钥匙。"船和看着迷迷糊糊、一直撞的船帆小声提醒。"哦，对，钥匙。"船帆好像喝多了一样，伸手找钥匙却被什么绊了一下，眼看着要摔过去，被相见一把扶住。"唉，反正也没外人来，干脆把锁拆了吧，撞得肩膀怪疼的……"

屋内出奇的整洁，似乎刚刚有人来打扫过一样，柔和的灯光打在了四张疲惫的脸上。"睡觉睡觉……"船帆伸手够着沙发背便倒了下去。相见给她扶到沙发上，却被拽住了胳膊，"不许走，你陪我……"相见摇摇头，"船和，我照顾你姐姐，你们俩休息去吧。"

相予、船和进屋睡觉去了，相见从背包里抽出一件大衣盖在船帆身上，自己也躺在地上睡着了……

"哎哟！"小腹传来一阵疼痛，相见是被惊醒的。睁眼一看，船帆正踩在他身上。"你看着点行不行，很疼的。"

"啊？是你啊，我说怎么地板这么软……"

简单吃了点东西，船帆把二人带到了二楼。"你们俩以后就住在这里吧，今天好好收拾收拾，晚上下来吃饭。我印象里楼上几层的门都没有上锁，如果锁上了就砸开吧，我手里也没有钥匙。"船帆说。"知道了，谢谢帆姐！""不对啊，"相见摸了摸头发，"你没锁门，那如果有人私自搬进来没通知你，怎么办？""是哦，我还真没想到这点。""姐，咱们要不要把整栋楼走一遍？相见哥说的有道理，我们不能排除这种情况。""好，咱们去上面看看吧。"

还好，楼上四层都是空的，四人这才把所有带过来的行李摊到二楼，这时已经差不多到中午了。虽然相见二人在出发的时候觉得带过来的东西应该够用了，可实际上还是缺一些家具，他们便去了最近的村镇添置一些东西。

明明两年多没有人住，屋子却没有任何需要仔细打扫的地方，没有开窗户，空气却很清新。去外面看了看，外墙也没有脱落的痕迹。"真是怪了。"船帆想，"不管了，就这样吧。"是啊，心心念念的人就在自己身边，还有什么是需要更加上心的呢？

船和窝在自己的小房间里不知道在干什么，相见还在镇子上淘换东西，相予在楼上收拾屋子。船帆一个人在院子里，掠过皮肤的风依然十分燥热，错过的那个夏天似乎回来了一样，使船帆的心悸动起来。

准备晚饭吧，做得丰富一些。这是新生活的开始，也是被四人赋予了全新的意义的团聚。这样看来，也许与之前四人一起吃的任何一顿饭都有所不同吧。

"我看看，鸡蛋、肉、虾……"做点什么呢？船帆看看新买回来的东西开始思考。去楼上转一转吧，看看男生们的冰箱里有什么。

船和把小相框摆在了桌子上。除了自己和姐姐的照片，还有和相予的、和大家一起的，好多好多。相予说，照片代表着回忆。似乎，关于过去的已经不重要了，现在和大家在一起的生活才是唯一需要用心的事情。长大了，终于能和最爱的人永远在一起了，漫长的等待、蜕变，都是值得的。

相予把拆开的行李布置在屋子里。"这里比原来的屋子大多了。"相予想。每层楼的格局都是一样的，不仅有几个小房间，还有一个大客厅。也不知道船帆是怎么弄到这么好的地方的。等相见买了新家具回来，这里就成了新家了。心爱的人就在楼下，简直就是完美的生活。

"老乡，这个我都要了，能不能便宜点……"采购清单上的东西还有一大半没买到，眼看着天要黑了，相见开始心急。好不容易把东西一股脑地塞到车上，却发现车没油了……

"我哥到家了，换个衣服就下来。"相予给船和打电话。

"好，我姐已经准备好了。"

"我们来了。"二人来到楼下。丰盛的饭菜摆满了餐桌，回想起自己为了做一道菜，毁了一个锅、摔了两个碗，外加浪费一个鸡蛋的惨痛经历，当年一起做饭时她还没有这么厉害呢，相见暗暗吃惊船帆的学习能力。

"大家都到齐了，那我们准备吃饭啦！"船帆招呼大家坐下。"客套话就不说了，咱们之间不需要。今天是一个重要的日子，大家在这里安顿下来了。这里叫'船帆下'，是属于我的地方，现在呢，是我们共同的家。以后有了困难大家要互相照顾，有了好事也不许自己藏着哦。好，庆祝我们再一次团聚，干杯！"

接下来的几十分钟里，桌子上的五彩斑斓逐渐只剩下了桌布和盘子的颜色。折腾了两天，大家都累了，也确实需要一顿丰盛的大餐来犒劳自己。

"帆姐辛苦了，我来收拾吧。"吃完饭，相见转身去收拾桌子。"没事，我也来吧。"相予二人去沙发上看电视，船帆二人去厨房洗碗。

"怎么样，这边不错吧？"船帆笑了。"感觉还好。"相见说，"比原来的屋子大很多，就是买东西不太方便，开车要好久。""那就别走了吧？""不住这儿我还能去哪……"

"谢谢你。"关水龙头的前一刻相见说。"这是干什么，咱俩谁跟谁。"船帆又笑了。"为了相予也要谢谢你。他能跟船和幸福地在一起，我就满足了。""你就这么容易满足？""要是这么说，看到你因为我搬过来而开心我也很满足啊。"说完笑着出去了。

"切，自作多情。"船帆哼了一声，把灯关上了。

四、回忆之归宿

深夜。

"新环境果然难以入睡啊。"身下新买的床板似乎一直在响，空旷的环境也让相见有些不适应。相予的房间里传来了辗转反侧的声音，看来予也不怎么适应新环境。去客厅走走吧，如果弟弟没睡的话还能聊聊天。这样想着，相见披了件衣服走了出来。

夏天的夜晚感觉不到凉爽，逐渐觉得加衣服有些多余。他没有开灯，因为月光足以照亮屋里的一切。来到阳台，打开窗户，伸手向天，无数的光点从指缝落入眼中。有些陌生，也有些不真实。"我在哪，我在干什么，明天要怎么办？"相见想，却想不出一个答案。

想着想着终于有些困了，相见回到客厅，无意中倒在椅子上睡着了。

······

"唉？"脖子突然感受到了不属于这个季节的寒意，相见吓得急忙睁开眼。

熟悉的黑色，熟悉的感觉。"我又回来了？"

"感觉怎么样？"一个熟悉的声音说。

"什么？"摸摸脑袋，相见觉得有些不明所以，也不知道应该怎么回答。沉闷、压抑，除此之外感觉不出别的什么了。

那个声音又响了起来："我说，欢迎回来。我在问你感觉如何。"

"我？我一点也不'如何'。"相见不禁笑了出来，"本来我好好地在屋里转悠，什么也不知道，稀里糊涂地来到这儿了。其实，别说你是谁，我连这是哪也不知道。"

听不到那个声音的回应，而四周依然漆黑一片。相见想了想，他没什么事情可以做，走又走不出去，还是说说话吧。"所以，这次为什么叫我过来？"

"没什么事，就是想看看你。""嗯？"这段对话使相见越来越摸不着头脑。"怎么，不行吗？"

"倒也不是不行，你想看就看呗。只是，你至少得先告诉我你是谁吧？"

"现在还不是时候。"

"什么……"

这句话还没来得及说出口，相见就突然感觉到地面变得柔软且富有弹性。他没站稳，本以为会摔到地上，地面却突然消失了，身体立刻坠落了下去。失重感遍布每一个细胞，大脑一片空白，连叫喊也做不到，只能任由自己飞快地掉下去，重重地掉在了什么平面上。相见感觉力量在刚才的挣扎中被用尽了，任何一个部位都动弹不得。他慢慢睁开眼睛，发现正躺在自己家床边的地板上。"我不是已经搬到了船帆那里吗……"艰难地爬起来，下意识看了看墙上的日历。

挂日历的位置竟然是空的。看了看窗外，已经能看见地平线上的光了。这时，有人敲了敲相见的房门，"哥，你快点，再不起床就该迟到了。"是相予的声音。"予，是你吗？我们现在不是跟船帆在一起……"小跑着打开门，客厅确实是熟悉的布置，却一个人也没有。"怪了……船帆，你在不在？"相见皱起了眉头。

无人回答。他赶快去其他的房间看了看，里面十分整齐，却没有看到相予他们。他想要打开大门出去看看，却无法打开。

好可疑的地方，不仅没有提示，还不让离开，这是怎么回事啊？

不过既然不知道干什么，那就随便找点事情做吧。相见来到了窗前。窗边有点凉，是春季或秋季的温度，太阳从偏北的方向出现，那现在应该是暮春时节了。外面的树木花草一片欣欣向荣，可惜隔了一层薄薄的窗户，无法触及。叹了口气：也许，我永远都不能离开这里了吧。他干脆往床上一躺，准备睡下不再醒来。

闭上眼睛的前一刻，他的余光扫到了桌子上，看到了一本熟悉的笔记本。翻开，里面有几幅画，想了想，都是以前自己闲来无事照画册临摹的。"那已经是很久之前的事情了，好怀念那时的生活，一天到晚吃喝不愁，也不需要思考什么复杂的事情，所有的时间都可以花在自己喜欢的事情上。虽然朋友不是很多，但是一个人也可以做很多事啊。也就是那时，他习惯了一个人的生活：画画，弹琴，写诗……因此，他逐渐把自己封闭了起来，并且以为会这样度过他的一生，直到船帆、相予、船和走入了他的世界……

想到这儿，他站了起来：我不再是一个人了，不能再继续封闭下去了。

我要回去，我要陪在他们身边！

周围的景物又一次消失了，他的身体又经历了一次下坠……

……

"哥，你怎么睡在这儿了？还有……你这大头朝下的姿势是跟谁学的？"相见在恍惚之间听到了相予的声音。

相见揉了揉脑袋，"是予啊。我昨天晚上睡不着，出来转转，结果不知怎么就睡在外面了。话说，你为什么倒立在天花板上啊，这是你新学的武术吗？""这是因为你的腿在椅子上而头在地上。"阳光打在窗帘上，时钟一点一点随意地更新着不断流逝的时间，却从来不会遗漏任何一秒。看了看相予，低头看了看自己，相见艰难地从地上爬了起来，"又是这样的梦啊。"

"帆姐做了早餐，叫我们一起去吃。""嗯，我换个衣服，你去楼下等我吧。""好，我们等你开饭。"

"为什么会梦到这些莫名其妙的东西……"相见轻轻地关上了房门，下楼去了。似乎在这一瞬间，房间内光线变得暗淡下来，一缕微风拂过地面，将相见放在书桌上的信纸吹落到了地上。又一瞬间，屋里重新亮了起来，就好像什么也没发生过一样。

吃完饭，相见二人回到楼上，开始了一天的全新生活。

只是之后的一段时间里，相见再也没有做过那种梦。

一切似乎都恢复了正常，只是，会不会……

算了，不多想了，应该珍惜这样的美好，不是吗?

五、新的出发点

"我做噩梦了。"

几天后，四人一起吃早饭的时候，船帆这样说。相见本来想深入问问看她的那个梦是怎么回事，与自己的那个怪梦有没有联系。不过她的脸色很差，他就没多问。

日子很平淡，在这个炎热躁动的夏天里，这栋偏僻的小楼却是安安静静的。没有夏日特有的喧嚣，显得有些格格不入。

"你们俩应该没什么事可做吧？既然如此，那我们干脆趁着这几天出去玩吧。"有一天吃晚饭时，船帆对相见二人说。

"啊？帆姐什么时候有这种兴致了？"相予说。"哪能都跟你哥似的，天天窝在家里，不是胡吃海塞就是胡思乱想？""我哪有……""那，既然大家都没事，咱们就后天出发，凑合坐见的小破车。见，你没意见吧？"船帆用筷子捅了一下相见。"你们不嫌弃就行。"相见咬了一口排骨。

饭后，相见问船帆："你是真想出去玩还是有什么别的目的？""没有啊，你这问题问的。其实我就是突然想出去转转了，一个夏天都闷在家里会胖的。"船帆歪歪头，"挑个好地方，船和他们可是很期待这次旅行的哦，别让孩子们失望。""都这个年纪了还孩子啊……""怎么，过了十八岁就不是孩子了？""好吧好吧……"

"去哪儿好呢……"相见躺在床上想了很久也没个答案。翻了个身，"对啊，既然帆说为了船和他们，那就去问本人好了。这俩人合计一下，不比我干琢磨强。"

"予，睡了没？"相见夹着嗓子敲了敲相予的房门。"没呢。哥，咱正常点行吗？"相予爬起来打开了门，灯还亮着。"我这不是有事找你嘛，大半夜的怕你睡着了。话说回来，你怎么还没睡？"相见在相予的书桌前坐下。相予回到床上，"就……就是睡不着。""那正好，有个事跟你商量一下。"相予松了口气，问道："什么事？""今天晚上你帆姐不是说要出去玩吗？对于目的地，我一点头绪也没有。所以我就寻思着来问问，看你们俩有没有什么想去的地方。""呃，我没有。""那船和呢？""和……这几天会有一场流星雨，她应该想去山上看吧，因为这里的视野并不好。""嗯，这个想法听起来不错，我记得你们俩从很久以前就喜欢上看星星了。行，我明天跟你帆姐商量商量，你早点睡。"

"这俩小孩。"听完相见的话，船帆笑了，"那你们定下来了，去山里露营？""我觉得没什么问题，所以来问问你的意见。"船帆又笑了，"你们能玩开心就好，还问什么我的意见。""那……那就这样呗，咱们明天出发？""好。"

收拾了一整天的相见倒在床上，听见房间门被推开了。

"怎么，激动得睡不着觉？""不是。哥，你真的放心我跟船和单独出去吗？""啊？谁说你们俩单独出去的？"相见疑惑地翻了个身，"我跟你帆姐也去啊。""哦哦，那我就放心了，走啦。""这小子，又在想些什么，真是的，算了，别整出什么幺蛾子就好……"

"和，我哥说他们俩都去。""好，到时候别忘了给他们安排安排……"

晴空之下，"船帆下"很快消失在了四人的视线中。小车在路上不紧不慢地前行，相予、船和靠在一起睡觉，船帆坐在相见旁边，在导航上比比画画，"再开几分钟就进主路了。""没想到'船帆下'离外面这么远。"相见说。确实如此，上午出发，快到中午才开到了外部道路。

"你怎么突然想出去玩了？"相见说。"心情好，想跟你们一起出去走走。"船帆的视线依然停留在屏幕上。"只是有些惊讶，感慨一下。""嗯，希望此行一切顺利，也希望你和你的车别出什么幺蛾子。"船帆的声音还是一如既往的温柔平静。

相见活在他自己的小世界中，有自己的小秘密，也有自己惦念的人和事。但他有时也会迷茫，就像当初要不要搬去"船帆下"，要如何面对船帆，要怎么处理四人间的关系，以及刚刚在"船帆下"安顿下来的晚上做的那个梦……当初，如果他选择孤身留在城市，或许能心安理得地抛弃过去的一切，永远留在自己的世界里。但是他有刚刚成年、依然需要保护的相予，身份背景与相予同样神秘的船和，还有一个如此巨大的谜团……所以如果现在让他再选择一次，他还是会来到这里的。

我对船帆到底是什么样的感情？相见经常会琢磨这个问题，但是想到最后总是没个结果。"想什么呢，快超速了看不见？"大腿被船帆掐了一下。

小车开进了一条荒山野岭中的小道，跌跌撞撞在林子里钻了几个小时，终于熄火了。"到了吗？"船帆打开了车窗，让林间的清新空气充满了四人的周围。"到哪？"相见拉起手刹。"嗯？不是去露营的地方吗？我出发前就在导航上给你标好了。""山上随便找个平坦点的地方，能搭帐篷不就行了，反正车也坏了。""坏了？那咱们怎么回去？""修修呗，实在不行叫救援……""算了。船和，你们俩醒醒，到地方了，帮见拿东西去。"

树影已经很偏向东边了。三人手忙脚乱地把所有的东西搬下车，船帆在一旁翻着导航。"就这样吧，这里也不是不能住，而且从这里上山很方便，算是歪打正着吧。""好，相予，快来帮我搭帐篷。"野地里竖起两顶七扭八歪的帐篷，一大一小。"见，你们俩是怎么准备的帐篷，咱们四个人为什么不买俩一样的？"船帆看着满头大汗的相见有些想笑。"帐篷？相予说是你们俩准备啊。"相见不知道从哪找了一堆树枝，点了半天也没点着火。

"算了，就这样吧，我先去睡会儿，饭好了叫我。大帐篷给你俩，怎么样，对你们不错吧？"船帆把锅交到相见手里，准备进小帐篷睡一觉。过了一会儿，船帆又走了回来，蹲在了相见的边上。

"你不是说要睡觉去吗，怎么回来了？"相见正在往锅里加水。"他们俩已经在里面睡着了。""我就知道。"相见笑了，船帆也笑了。

"咱俩已经多久没有一起做过饭了？"沉默了一会儿，船帆说。"很久了，几年？记不清了。为什么突然问这个？"相见说着把肉片放到锅里。"不知道，或许是因为咱们很久没有像这样聊过天了吧。""也许吧。""你准备做什么吃的？""咱们没带多少食材，而且我只在行李里找到了这口汤锅，熬汤呗。""用我给你打下手吗？""不用，我自己弄吧。"相见取来一个马扎示意船帆坐下。

二人又陷入了沉默。过了一会儿，相见问她："晚上什么计划？"船帆看了看导航说："咱们已经到了海拔五百多米的地方，该说不说你这小破车挺能开的，托它的福，咱们只需要顺着路走三百米就能到山顶了，而且一路上基本是土路，没有多少山路。唯一的问题在于，晚上会冷，到时候提醒他们多穿点衣服，别冻着。""好。那就这样，晚上你带着他们俩上去，我留在这里盯着营火，别到时候把帐篷烧了，怎么样？"相见说着放了两勺盐，顺手搅拌了一下。"不怎么样，总不能让我给他们俩拿东西吧？背包挺沉的呢。""那……""火回来再点，车明天走之前修好就行，你还有什么借口？""那好吧，我跟你们一起去。"

"那就这么愉快地决定啦！相予，和，醒醒吃饭了。""来了！""多吃点，晚上运动量会很大呢。"

六、盛夏的流星

"相予，你们俩准备一下，该出发了。"相见探出头，向另一顶帐篷喊道。

"知道了！"远处传来了相予的声音。

"咱们也快点收拾。"相见拉上了大衣的拉链。"是啊，现在已经不早了。"船帆把一个大背包递给了相见，"你背着这个，这是他们俩要带的东西，是出发前船和给我的。准备好了吗？我们出去等他们吧。""嗯。"

确认了一下营火确实灭了，相见一抬头，就看见相予二人从小帐篷里钻了出来。"衣服穿好了吗？那我们走吧。"相见问。"好，我去前面带路。"船帆说着走到了最前面。

上行的路，即便是比较平坦的土路，走起来也有些费力，并没有想象中的那么轻松。难以想象我要背着这么个又大又沉的包原路返回，相见这样想。船帆在前面带路，相予、船和几乎睡了一整天，正在前面蹦蹦跳跳地打闹，相见很快被落在了后面。"快跟上，已经能看到山顶了！"船帆向身后的方向大喊。"来了……"远处传来了相见有气无力的声音。

"到了到了！望远镜呢？"相予问船和。"在你哥那呢。""哦，我哥……去哪了？""我……在这儿呢……""你行不行，爬个山都能累成这样？"船帆用力把他拖到了相对平坦的位置上。"所以我不喜欢爬山……""先把东西给他们，然后你再歇着。""不能怪我，我平常身体就不好。"稍稍休整了一下，相见把背包从背上摘了下来，掏出了望远镜递给相予。

相见和船帆坐在一起，看着相予、船和在他们眼前玩闹。"不就一个望远镜吗，为什么要背个包上来，我倒是要看看里面还有什么……不是，谁把保温壶和煎锅放进去了？我就说不可能只带一口锅出来……"船帆笑了，"出发之前不好好检查，只能怪你自己。""无所谓，再背下去就是了。""那咱们至少得后天才能回去了。""为什么？吃完晚饭我就已经把车修好了啊。""俗话说上山容易下山难，你上山就已经累成这样了，再把这些东西背回去，不得睡到明天晚上？"相见笑了，"不至于吧？再说了，多玩两天大家都高兴，多好啊。""切，就知道嘴硬……"

"马上就到午夜了。"船帆静静地说。"你在等什么吗？"相见也很平静，看着相予二人举着望远镜到处跑。"今夜有一场流星雨。""其实，不只是他们，你应该也在盼望着这场流星雨吧。不过，如果我提出要去别的地方玩，你要怎么办呢？"船帆向相见身边靠了靠，"我会让他们俩自己过来看，我陪你去你喜欢的地方。"

"只剩几分钟就到明天了，"船帆低头看了看表，"你有什么想说的吗？"

"很幸福啊，越来越觉得，来到'船帆下'是个正确的选择。"相见说。

"还有吗？"

"嗯，对于你，我想说……"

"啊，流星雨来了！"

一道一道的流星划过，虽然只是一瞬间就消失在了夜空中，却把大地照得闪亮。相见从来没有见过如此盛大的流星雨，只觉旅途的劳累被一扫而光，眼中留下了星星点点的光芒。如此盛大的流星雨，船帆也是第一次见。"见，许个愿吧。"她轻轻地说。

我有什么愿望呢？亲密的人、需要保护的人，都在我身边，我的未来注定要倾注在他们和"船帆下"上。过往似乎已经不再重要，我们相处得很融洽啊，还有什么比这个更重要的呢？生活已经重新开始了，未来虽然尚不明确，但是有他们在身边，我还要担心什么呢？

相见曾听过这样一个传说：流星划过地球时，表示掌管流星的神到达地球考察人类的生活，倾听他们的愿望。但是凡事总是有代价的，许下的愿望也是如此，流星星神会夺去许愿者的一部分记忆来作为实现愿望的交换。流星消失的时候，他将汇总人们的愿望，决定实现与否，以及收取代价，许下过分愿望的人将被夺去记忆，甚至是生命。

"帆许的是什么愿望呢？"相见想，"我只是希望大家像现在这样，平安、健康、开心地在一起，就这样过一辈子。"

"不过，不要依靠神，我想要的生活一定要由我自己创造。"

"呀，结束了呢。"山峦再度暗淡下来。相予把望远镜收起来，挂在脖子上。

"帆，我们走吧……帆？"船帆好像呆住了，靠在相见肩膀上一动不动。

"啊，我没事。"船帆好像突然清醒了一样，"收拾东西，我们下山吧。今天大家都累了，早点休息，明天要返程了。"

"呃……你没问题吧？"相见刚回到营地就直挺挺地倒了下去。"我……我没事……"相予帮着船帆七手八脚地把他塞到睡袋里，就回去找船和了。

深夜，营地里出现了奇怪的声音："我一定要弄明白，是谁把那个煎锅放在包里的……""我看你还是不累。""唉……"

"回家喽！"第二天，大家睡到了中午才醒。相予、船和在树林边上玩，船帆帮相见发动汽车，相见正在把所有的行李塞到车上。"见，这是什么？"船帆发现挡风玻璃下面放了几颗螺丝。"哪个？哦，这个啊，我昨天晚上修车的时候，把发动机拆下来检查了一遍才发现问题。修好了装回去的时候，不知道为什么，就莫名其妙多出来了这些零件……""啊？那我们坐这辆车不会有什么危险吧？""应该没事，我昨天试了半天都好好的，至少不会炸。""没事，修不好可以叫救援，不丢人，是吧？""你还真了解我……""唉。"

小车跌跌撞撞开出了山间小路，上了一条柏油大道。"帆，我有点不认识路了，能帮我在导航上标一下位置吗？""很奇怪，导航失灵了。""怎么了？""第一次带你们去'船帆下'我就发现，导航找不到那个地方。""我看看。"相见在路边停下车。

卫星地图显示，那里是一片树林，没有道路进去，更别提"船帆下"了。打开全景地图，最多只能看到公路的围栏，再往那个方向放大视角，也只是一片杉树林而已，没有楼，没有路，没有灯，什么也没有。

"我上次带你们去'船帆下'就是靠记忆中的路线，结果运气好找到了。这之后，我特意拍了一张路口的照片上传到导航上，可是过路的司机都反馈说，没有这么条路。"船帆挠了挠头。"这就奇怪了。算了，先往回走吧，到了那个镇子咱们就认识路了。"相见将车开回了主路。"好，那我换一下目的地……"

返程途中，船帆有些累了，想小睡一会儿，可后排的相予二人一直在聊天。"妹妹，你们俩休息会儿吧，累不累？""姐姐，我们不累，只是觉得有点……""你们俩怎么了？"相见问。"相见哥，我们觉得没玩够。"也是，四人难得一起出来玩，却只玩了一个晚上，换成相见，也一定不会觉得尽兴的。"见，要不等你修好车，咱们再出来玩一次吧？""没问题，我听你们的。""嗯，回去以后咱们商量一下。"

到了镇子里，四人简单吃了顿饭。相见把三人送回了"船帆下"，并把小车在发动机"罢工"之前开到了修理厂。

船帆躺在床上，很快就睡着了。

相予、船和应该还在门口看星星吧。

相见想了很多事情，虽然其中的一些还没有想明白，但是他太累了，不一会儿就睡着了。

七、转折与迷茫

日子过得很快，四人已经适应在"船帆下"的生活了，他们之间也不再有什么隔阂。相予、船和对"船帆下"已经熟悉到了闭着眼睛都能进进出出的程度，船帆、相见也可以自然地并排坐着看电视了。

早上起来吃早饭，然后去镇子上买点东西，中午找船帆吃饭，下午写一会儿日记或者别的，练练车技顺带折腾一下小车，陪相予聊会儿天，晚上去船帆家吃饭，看会儿电视准备睡觉。每天如此。

只是，很多问题依然萦绕在相见的心头。特别是回来以后的某一天，相见看了一篇关于那场流星雨的报道，里面有几张照片和一小段视频，都是媒体在直升机上拍的，但是他们四人谁也没有听到直升机的声音。在如此空旷的山中，那么大的声音不可能听不见。而且，相见清楚地记得，四人在午夜前后正在山顶上，而照片里却一个人也没有……

关于"船帆下"的疑惑，相见并不愿意细想。因为在这里的生活，有无数美好的事情，为何要在这些事情上分心呢？虽然很难放下这些疑惑，但相见还是下定决心去忘记它，投入正常的生活。不过，就在那天晚上，他又来到了那个熟悉的地方……

老房子。"又来了。"相见笑了一下。

"我记得这里。"相见说，"有什么事就直说吧，我都已经会抢答了。"

身边的景象逐渐变成了黑色，相见明白，自己又回到那个空间里了。"原来你已经知道了。"果然又是那个熟悉的声音。

"这次你找我，是有什么事吗？"相见缓缓地说。

"只是想给你讲个故事。坐下吧，今夜很长，我们慢慢讲。"

"那我就洗耳恭听了。"相见坐下了，把头埋在膝盖里。

"你应该知道，'船帆下'并不是普通的建筑。"

"嗯，不是所有人都能感知到它。"

"……原来你是这么思考的。无妨。既然这样那你应该知道，这里也不是属于你们的空间。"

"嗯。"

"还记得那个流星星神的传说吗？"

"记得，星神以许愿人的记忆为代价去实现愿望。"

"其实，并不完全是这样。你们传说中的星神实现愿望是需要消耗自己的力量的。这个故事要从人类诞生之初说起。百万年前，星神到达了地球上空，这个星球虽然看上去生机勃勃，但是他却无法找到高级智慧生物。他觉得很无趣，刚准备离去时，人类就诞生了。通过观察，他发现这种新的生物十分有意思：饥寒交迫、走投无路时往往会抱团取暖，而生存无忧时又会同类相残。他曾见证过无数星球上各类智慧文明的兴衰，想看看人类是不是与其他的种族一样，会因为自身的罪孽而灭亡。他暗暗许下诺言，要满足人类的一切愿望，不仅要帮助人类活下去，还要让他们过得舒服，这样才能更好地进行这场'实验'。但是，人类十分脆弱，甚至生存必需的水与火都能轻易夺去他们的生命。在这种情况下继续对人类做这样的'实验'，已没有那么容易了。而且，他也要完成独属于他的职责。于是，星神想出了一个两全其美的方法：动用自己的神力制造小型星体，履行自己的义务，又引导他们偏离原本的轨道，转而掠过靠近地球的地方，利用流星上残存的能量倾听人类的愿望。自己则隐藏气息藏匿在地球上空，亲眼观察着他们在衣食无忧的状态下会如何演化。

"起初，人类的愿望大多是吃饱穿暖，肚子填饱了便感谢大自然，感谢即使他们并没有亲眼见过的神。星神感到十分惊讶：作为这个星球上智慧顶尖的人类，竟然这么轻易就能被满足。那时人类数量不多，也没有出现太复杂的愿望，对于他强大的神力而言，实现愿望导致的神力消耗可以说微乎其微。但是，随着人类文明的发展，人口暴增，不仅愿望的数量变多了，内容还更为复杂。一方面星神逐渐对一些贪得无厌的欲望感到厌烦；另一方面，他长期隐藏在地球上空并且制造大量的流星，力量不再足以实现所有的愿望。所以，为了维系力量，他开始收取许愿人的记忆。人类的记忆里蕴含很多能量，吸收后基本上能维持力量的收支平衡，即便这样，他总体上依然入不敷出。最后，他的神力逐渐衰弱，这样下去很快就会陨落。别无选择的他只能暂时返回他的世界补充能量。不过，他将划过地球上空的流星作为使者，以极低的消耗完成信息传回和力量传出，因此，人类的生活没有发生太大的变化。"

"这就是我听到的传说啊，所以你为什么要给我讲一个我听过的故事呢？"相见有点疑惑。

"因为，你们听到的版本到这里就结束了，但他远远不止这么简单。随着人类的科学文化发展，对宇宙的探索进一步加深，明白了流星只是一种自然现象，从而对星神的崇拜大大减弱，对星神的祭祀活动也越来越少。你可能不知道，祭祀是星神能量获取的重要来源，现在这个力量源泉被掐断了，他感到了一种深深的绝望。自觉力量即将枯竭，便不得不采用一种高效但极端的能量获取方法。"

"什么方法？"相见听得入迷了。

"吸取生命。你没听错，星神决定吸取许愿人的生命来实现他们的愿望。人的生命蕴含的能量远比记忆中提取的大得多。这样他不仅能填补原来的亏损，还能一点一点将神力恢复至巅峰状态。同时，他对人类这个种族感到十分失望，对于贪婪的欲望，事小则动用力量使其事与愿违，事大则会直接剥夺生命……

"不过不用担心，他并没有抛弃善良的一面。他会用从贪婪之人生命中获取的能量来实现可怜之人的平常愿望。话说回来，你从出生到现在似乎许过不少愿啊，而且其中有很多已经触及了星神的禁忌：获得喜欢却无法得到的东西，和某个人在一起，不努力却想要好的结果……太多了。如果星神真的迁怒于你，你的生命也不够他惩罚的。"

"你怎么知道我许过这些愿望？"相见抬起头，表情凝重了起来。他一直认为，只有记忆是可以对别人完全保密的，没想到竟然会有这样的力量可以窥视他的记忆，这是怎么回事呢……

正当他疑惑的时候，那个声音又响起来了："这个空间也是这样，依靠能量维持，一旦产生了能量波动，它势必会出现一些变化，变成什么样子就连我也不知道，最坏的结果是天崩地裂，意思是，空间会破碎，你身边的一切都会消失。"

"包括'船帆下'？"相见认为它和"船帆下"还是有些类似的。

"……你猜？"那个本来压抑的声音突然变得愉快起来，愉快得让人心惊胆战。相见并没有害怕，只是感觉很不适应。

"好了，故事我已经说完了，梦也该醒了。如果你想弄明白这是怎么一回事，就继续探索吧。"

黑色空间边缘的白光突然变得十分刺眼，相见的意识也逐渐模糊了起来。

再睁开眼，他回到了自己的床上。

这场梦醒来，相见觉得时间过了好久，也觉得很压抑。吃早饭的时候，他发现船帆三人都没有什么精神。

"他们是不是也做了奇怪的梦？"

"算了，反正我也猜不对，还是别瞎猜了。"相见笑着拍了一下船帆，把剥好的鸡蛋放在她碗里。

"还记得那个你一直想去的地方吗？咱们明天去一趟吧，散散心。"

八、探源寺之行

"探源寺？那是哪？"路上，相予问。"是你帆姐很久以前去过的地方。"相见说，又补充道，"据说帆之前许了什么愿然后灵验了，还去还过愿呢。""是啊，那是很久以前的事情了，没想到你竟然还记得。"船帆说。

探源寺，是一座建成于几百年前的古寺，名字取"以水为师，探水之源"之意。探源寺坐落于半山腰，俯可瞰芸芸众生，仰能观万千星辰，还有郁郁葱葱的树林。夕阳西下，登顶远眺，别有一番风情。

这次旅行计划得有些仓促，以至于相予、船和在出发前都不知道目的地是哪。而且菲文路中学在船帆、相见那届学生毕业后改变了春游地点，也难怪他们俩不知道。

"探源寺离'船帆下'不是很远，我这小破车几个小时就能到。"相见笑着说。风和日丽，又有重要的人陪在身边，游山玩水，有什么理由不开心呢？

一个小时后。

"我说，出来之前你为什么不提前检查一下，这下坏路上了吧，你说怎么办？""我能怎么办，修呗……"发动机冒出不少黑烟，小车罢工了。

"砰！"不知哪个零件发出一声巨大的声响，在船帆暴力右脚的威胁之下，油门虽然已经尽力用疼痛告诉发动机应该怎么做，车子却只是艰难地向前移动了几米，彻底休眠了。

"这下完了。"相予说。相见看了看路上的轮胎印，"应该还能再动几下，我试试。"说着拿起了扳手。"几下？我们还有那么远的路，你这得折腾到什么时候啊？"船帆说罢，便在相见的胳膊上拧了一下。

"哎哟！"相见跌坐在地上，无意中往车底一瞥，"啊，谁穿布鞋去爬山啊？"坐在地上，透过车底，相见看见了一双陌生的布鞋。

"是啊，谁能比你还没常识？"船帆低头看了看。

一个僧人从车后走了出来："几位施主，贫僧只是路过，多有叨扰，还请见谅。""啊，没事没事，请问您会修车吗……"相见放下了扳手，简单打量了一下僧人。"你脑子被门夹了吧？人家是出家人，怎么会这些杂七杂八的东西。"船帆没好气地说。

"无妨，贫僧来试试……"僧人打开了车前盖，不知道动了哪些零件，再转钥匙，汽车竟然被重新唤醒了。

"哎呀，真没想到，您真是位高人啊。"相见惊讶地说。"举手之劳，只是……"僧人没有接过相予的湿纸巾，而是掏出手帕擦了擦手上的油污。"您尽管开口吧。""那就不好意思了……贫僧此生游遍天下，昨日行至此地，忽梦探源寺大殿于今日午时佛光普照，想必有贵人奇事。贫僧想亲历一番，然动身时日上三竿，算下来已然误了时辰。几位施主，可否……""没问题。上来吧，这车还能坐一个人。我们也是去探源寺的，就当是对您的感谢吧。"船帆说。

小车平稳地开了起来。僧人一路没说话，相予偷偷地看他，他只是闭着眼睛无声地捻着佛珠。

"快点，再快点，快到午时了。"船帆看了看时间。"来得及，再说，再快就超速了。"相见踩了一脚油门。

"到了到了。"小车做了个漂移，端端正正地停在了车位里。"停得挺稳啊。"船帆立即拉开了车门准备下车。"其实吧，我没想停进车位的……""我就知道。"

一望无际的台阶，从停车场边缘延伸到山上。虽然晨雾早已消散，而云一样可以营造出朦胧的感觉。"久违的美景啊。"相见伸了个懒腰。因为体力不好不喜欢爬山，所以相见的记忆中没有什么山岳风光，而相予、船和经常到这些地方游玩，只会觉得，这不过是一处普通的美景而已。

"咱们怎么走？"相见气喘吁吁地扶着腰。"几位施主，随我来便是。"虽然僧人一直不紧不慢地走在最后，但他的声音好像就在耳边一样，穿过四人的耳朵，在山中回响。

穿过牌坊，就已正式踏入寺中了。"好清静啊。"相予说。"然也。此乃清修之地，贫僧几年前曾流落此地，观其盛景，忘却辛劳，只觉流连忘返。动身时，方觉名为时间者，不舍昼夜啊。"僧人笑眯眯地说。"果然对人生大彻大悟，还是需要苦修啊。"相见这样想。

也不知走了多少台阶，终于到了一座大殿前。按照相见全身上下的不适感来判断，至少有两千级台阶。

"施主稍候，待贫僧与住持打个招呼。住持与贫僧相识，看是否还有斋饭。"僧人走上台阶，叩门后与小和尚交谈了几句便进去了。

"说起斋饭，我还真饿了。"船和说。本以为中午之前能到，因为小车故障晚点了，又因为僧人随行，不便开荤，带的火腿、三明治只能放在车上吹空调。"斋饭都是素的吧？"相予说。"啊？没有肉啊？"正处在累瘫边缘、蹲在一旁的相见突然蹦了起来，绝望地说。"有心思关心饭菜，还能跳这么高，看来你还是不累。"船帆笑了。"别，我还是一边蹲着去吧。"

"几位施主，师父有请，请随我来。"小和尚跑了下来，对四人行礼。"有劳了。"船帆说。"刚蹲下又要起来，唉……""平时也没见你这么懒，今天真是长见识了。"

大殿虽说不上金碧辉煌，而佛像、香案端庄大气，香烟袅袅，梵声阵阵，颇有一番盛况。视线拉到眼前，看起来像住持的老和尚坐在一旁，和那个僧人说着什么。"几位施主大驾光临有失远迎，还请恕罪。"见四人进殿，老和尚颤颤巍巍地站了起来。"啊？您这怎么，呃，啊……""我就知道你关键时刻说不出话来。"船帆拧了一下相见，"师父不必多礼。我等只是前来观光的游客，多有叨扰才是。""施主太客气了。惠念，快来，给施主上茶。"说罢招呼四人在堂中坐下。

刚才那个小和尚端了几杯热气腾腾的茶水，放在四人的面前。"大殿位于山中，虽是夏季，久坐依然可以感到寒从脚起，故请热茶。这位施主……"住持眯起眼睛看了看相见，"贫僧看你汗流未止，气喘不均，举杯无力，眼神黯然，定是腹中饥饿所致啊。"相见笑了，"还真是，大师您看人真准。哎哟！""瞎说什么，没个正形。"船帆悄悄掐了他一下，说，"师父，我等可否化些斋饭，几个时辰未曾进食。""那是当然。惠念啊，你们快点忙活，这几位贵客可怠慢不得。""明白了。"小和尚立刻从后面跑出去，不久便端了几碗热饭回来。

"管它是素是荤，吃了再说，将近半天没吃东西了。"相见拿起筷子就往自己嘴里扒拉。"哎呀，施主吃慢些，后面还有呢。"几个人偷偷笑，用余光看着相见狼吞虎咽。

"好啦，终于吃饱了。"船和习惯性看了一眼时间，"呀，已经一点半了啊，今天吃饭有些晚了。""已经过了午时，是不是……"船帆问那个僧人。"我已然见得佛光汇聚。"僧人说。"可我们什么也没看见啊……嗝……"一听就是相见的声音。"你注意点自己的吃相行不行？""我饿了嘛……""无妨。倒是，"住持用手掌点了点船帆，"这位施主有些面善。"

"嗯？"

九、寺中往事

"是的，我在几年前来过这里。"船帆点点头。

"贫僧虽愚，尚能忆起陈年往事。若所忆不错，施主彼时正值年少，与私塾之友前来此地拜谒……""文喻啊，你是多久没出过这山了？现在啊，人家叫学生，去的地方叫学校，还拜谒，人家是来，那叫什么，旅游的。"僧人笑着对他说。"唉，真是，贫僧平日饱读经文参悟佛法，没承想天下已如此不同……"住持也自嘲般地笑了，"无妨，唉，时间易逝。当年贫僧尚有力与，与那个叫……对，与旅游攀谈，如今也只能卧于殿堂之内，哀叹年岁了。""我说，你想说的那个应该叫游客，不叫旅游，你看看，都是老头子，怎么就你这么不谙世事……"

"他们两个，好像很熟悉的样子。"相予小声对船和说。"是啊，贫僧与这位住持已认识几十年了。"僧人说，"那是一段奇缘啊。"

文喻和尚自小就在探源寺生活，被老住持抚养大。二十年前，老住持圆寂，文喻和尚成了探源寺的新住持。那时生活艰难却简单。探源寺秀丽风光，远道而来的参拜客自然络绎不绝。文喻和尚刚刚接手，独自主持大大小小的事务，感觉一切都很新鲜。但是，随着城市生活的丰富，年轻人的生活被近在咫尺的现代娱乐填满，年长的人也不愿长途奔波，探源寺逐渐变得门可罗雀。

这天，文喻和尚带着大小徒弟十几号人在大殿诵经，忽然听见门口传来异响，就让大徒弟前去查看，如果是客人就顺便接待一下。大徒弟跑回来说，有个人倒在了大殿门口，撞到了几根废弃的铁杆，声音是铁杆互相碰撞发出的声音。大家赶忙过去，看见一个蓬头垢面的人摔在了大殿里。抬到僧房中，喂了点米糊，才渐渐苏醒过来。那个人说忘记了自己为什么来到这里，也不知道自己是怎么爬上这么高的山，更别说要到哪去了。问起以后怎么办，他也说不知道。

文喻和尚与徒弟们多次就他的去留进行讨论，偶然被他听见，自觉留下是个累赘，不如趁现在皈依佛门，以后当个云游僧。临行前，文喻和尚为他送行，赐号"虚还"，即虚无之事终将回还，盼望其早日恢复以前的记忆。此后虚还和尚游历各地，但总会抽空回来看望恩人文喻和尚。二人从年轻交往到年迈，见证探源寺的兴衰、徒弟们的发展。不过，直至现在，虚还和尚也没能想起他的过往。

"时候不早了，先行告退。"虚还说着站起来。"要走啊？不如在此处过夜，你我二人畅谈一番。""有缘之人终会再见。贫僧告辞。"

他一个人自顾自地走了。"他啊，从来都是如此。"住持捻了捻胡子，"随性而为，不逾戒律。皈依佛门自应苦修，而寓情于山水风光，倒也未尝不可。"

相见静了下来。见住持自顾自地感叹，他小心翼翼地问："大师，那他的记忆……""唉，很难追回来了。""那他……""虚还常说，雷霆雨露俱是天恩啊。"

虚还和尚看得很开：丢掉的既然找不回来，那干脆就不要了。人世间还有很多地方没有游历，还有很多事情没有做，也没有做好成佛的准备……有如此多的事情，为什么偏要去耗尽心思捕捉未知的过去呢？即便最终找回了记忆，如果与期待的大相径庭，会不会后悔花了这么多的精力去追寻自己不想要的东西呢？

我又何尝不是如此？相予、船和的身世，"船帆下"是怎么一回事，还有好多不合常理的事情……我在哪，我是相见吗，我都经历过什么……虽然这些事情目前毫无头绪，背后的原因更是无从查起，但是，真的有必要去探寻这些吗？它们就像一团巨大的阴影，蒙住了本该洒在相见心中的阳光。

"人生苦短，不如珍惜当下啊。"住持开口了，也将相见的思绪拉了回来。

"多谢招待，天色已晚，我们就不打扰了，告辞了。"船帆站了起来。"大师，我还有一事不明。"踏出正殿前，相见问住持。"施主不必客气。""我们来的时候那个，叫什么，虚还大师，说今天正午这里'佛光普照'，但我们什么也没看见啊。""天机不可泄露。"住持笑了笑，便转身离开了。

不过说起来，四人中收获最大的还是相见。他下定决心放下过去的一切，与身边的三人好好生活。虽然，他的内心依然很纠结。

"走，趁着天还没黑，我们去看看你帆姐之前一直想去的地方。"

几人一口气爬到山顶，发觉景色与普通的山寺无异。只是这夕阳，实为一绝。"我那年春游的时候，并不觉得这里有多特别。直到今天。"船帆说。

的确，年少时每个人都拥有着全世界，但是总有长大的那天。就像现在，我经历了很多，世界却一点一点地从身边溜走，我只有你们和"船帆下"了，也只有这时，才明白你们对我有多重要。

夕阳的锋芒在此刻已调至最大，似乎无力继续释放光辉一般，悄悄向西沉下去。又好像开玩笑一样，将树影再向东推了一下，把最后一点温暖洒在四人身上。就像难以捉摸的生活，总会有意想不到的事情发生。

"走吧，晚上山里该冷了。"相见拉了一把船帆，将她拉出了幻想，"怎么，想让我背你下去？""也不是不行。"船帆笑着看了一眼相见，"还是算了吧，我怕你站不稳给我扔下去。""……"

"帆姐，我们今天到的地方有没有你之前来过的地方啊？"下山的路上，相予说。"当然有啊，我记得那会只去过正殿，再往上就没去过了，一个是没时间，一个是没这么好的体力。我记得当时参拜完我们就下山了。""啊？你还拜过这个？"相见偷偷笑。"是啊，怎么了吗？"船帆有点疑惑。"这里是求姻缘和求子的地方，你拜这个干吗？再说，你到现在不还是单身，我看这神仙也不怎么灵，哈哈哈哈……"

小车开着忽明忽暗的车灯，在路上不紧不慢地跑着。今天发生的事情虽然有些离奇，令人摸不着头脑，但实在是太累了，而且确实"腹中饥饿"，相见也没有精力胡思乱想。后座上，相予、船和狼吞虎咽地啃了几口三明治，便靠在一起睡着了。船帆也没有什么太多感想，只是去了一个曾经去过的地方而已，吃饱了也打起了瞌睡。

即便不开车，相见也是一点困意也没有。他想了很多：神秘的僧人、奇妙的相遇，还有和尚口中的神秘事件，会不会与我们有关……

只是，他即便是有了什么猜想，现在也已经没有什么可以佐证他的想法了。

回到"船帆下"已经很晚了。三人睡着了，相见也累得晕晕乎乎。谁也没有注意到藏在树林里的车，和三楼透出来的一点点光亮……

"好累，姐姐真是精力旺盛……"

"见竟然不用导航就能开回来了，真好……"

"哥跟帆姐越来越亲密了……"

"这谁啊楼上折腾呢，开了大半天的车回家也安生不下来……"

……

"看起来果然是他们了，明天去给他们一个大惊喜吧。"

十、第五位房客

第二天早上相见正睡得迷迷糊糊的时候，听到了相予的声音："哥，我吃完早饭回来了，给你带了两个鸡蛋。还有啊，我听帆姐说咱们楼上搬来新住户了。""谢谢，我知道了。哦，原来昨天晚上不是闹鬼。不过，这么偏的地方竟然会有人搬进来，真是稀奇。"相见艰难地从床上爬了起来。"哪有鬼，你是不是又做梦了？对了，船和说帆姐让咱俩待会儿去楼下吃午饭，还说帆姐有事找你。""好。不过，她找我能有什么事。今天还真是奇怪啊……"

"我们来了！"相予推开船帆家的门，"咦，来客人了？"三个女生坐在客厅里聊天，船帆、船和，还有一个相予不认识的人。"啊，那今天先这样吧，我告辞了。"从相见二人身边走过，回头微微一笑："感谢招待啦！"

门轻轻地关上了，她在空气中留下了一缕芳香。"这是谁啊？"相见刚开口，船帆便阴着脸说："我还想问你呢，她说她认识你。""啊？我怎么一点印象也没有……""嗯？""我真没印象了……"

"怎么了这是？"相予小声问船和。"刚才来的那个人，好像是叫，许涵？应该是这个名字。她认识相见，而且他们俩之间好像有什么关系。""哦，没准是他以前认识的人。那帆姐这是……怎么了？""有可能是他以前的同学吧，如果是这样的话我姐的反应倒是可以理解了。哎呀，你就别管他们了，这俩人从来都是这样。咱们先去拿饮料吧。""也是。"相予摆摆手。

吃饭的时候，船帆说："那个人好像叫许涵，说是昨天刚搬到这里来的，看下面两层都有人住就去三楼了，最关键的是她认识相见。虽然'船帆下'来者不拒，我也从来没有设定过什么附加条件，而且有人愿意搬进来是件好事，应该高兴才对，但是太突然了。似乎让我有些接受不了。""嗯……许涵？"相见夹起了一只虾。"你想起什么了？"船帆看了看他。"只是这个名字很熟悉，"相见把虾壳放在桌子上，"有点印象，但是也说不上有印象。还有啊，一般人都找不到'船帆下'，为什么她可以……看我干吗，又不是我带过来的……"

"这个人我好像……算了，找找吧。"回到二楼，相见把最厚的一本相册拿了出来，翻了好久却一点头绪也没有。原来这些都是十几年前的照片，找得着就怪了。"说起许涵这个名字……啊，我知道了。"他从书架上抽出一张装裱好的照片，是相见高中毕业时的大合照。"原来是高中同学啊，我说怎么这么熟悉。但她是怎么找到这儿的？只是巧合吗……"

"哥，这个就是许涵吗？"相予凑过来问。"嗯，是我的高中同学，说实话我们俩关系还挺好的，可惜后来就渐渐没有联系了。""啊，那……真是遗憾。""我不知道是不是遗憾，只是……"

"你是想说知心朋友难得吧？我先走了，晚上我去船和那边住。你早点睡，别熬夜。""我知道了。还有啊，你帆姐今天心情不太好，别跟她说太多……"再回头，相予已经走了。

相见打开了台灯，翻出笔记本，刚要落笔写点什么，就听见门又被打开了。"咱收拾东西能不能认真点，别一想着跟船和玩就手忙脚乱的。这次是没拿望远镜还是没带什么别的东西？"相见摇摇头。

门关上了。"啊，你说什么？"是船帆的声音。"哦，是你啊，我还以为是予忘了拿东西回来了。你怎么来了？"相见没有抬头。"他俩晚上要打游戏，估计到半夜也消停不了。我今天累了，想早点睡，睡你床上不介意吧？""啊？那我睡哪？""睡你弟那屋呗，睡客厅里我也不介意。"船帆把鞋踢到相见的桌上，跷着腿直接躺在了相见的床上，"今天我可累坏了。你现在可以出去了，记得关灯。""哦。"相见的笔没有停下来的意思，"那个许涵还是叫什么的，到你那都干什么了？""问这个干什么？""好奇。"相见把本合上了，转身看着船帆。"什么也没干，就是来寒暄一下，说昨天到这里时我们都不在，半夜听见我们回来也没好意思打扰我们，今天带了点礼物到我那去，想着跟大家认识认识，诸如此类的。你们来了她突然就走了。说起这个我还想问你呢，"船帆睁开了眼睛，"你们俩到底是什么关系？""问这个干什么？""我也好奇，不行吗？"

"我有点说不准。同学，朋友，合唱团的好友？还是别的什么……说不清。哦，差点忘了你也在合唱团里。你好奇哪个？""你说呢？"

"那我哪知道？你自己看。"

相见站起来，"这样吧，我今晚睡我弟那屋去，你要是困了就关灯睡觉吧。""算了吧，"船帆翻了个身，"不想说就算了。你这床不小啊，咱俩将就一下能凑合一晚上。""可以吗？"相见站住了。

"你觉得呢？"船帆裹着半边被子躺下了。

"……"

灯被关了。

"我给你讲讲吧。"黑暗中，相见突然开口了。

"讲什么？"船帆的声音丝毫没有困意。"你想听的。""说吧。"

多年前，菲文路中学。

刚入学的小相见迫不及待地按照自己理想中的生活方式填充自己的校园生活。他放飞自我，将不成熟男生的特点发挥得淋漓尽致。渐渐地，他失去了朋友，沉迷玩乐，荒废了学业，也遭到了各学科老师的批评。

他在偶然中加入的合唱团是唯一给了他心灵慰藉的地方。几个年级的学生聚在一起接受培训，就像一家人一样。俗话说无心插柳柳成荫，相见在那里学到了很多，学会了做人要具备的基本品质，明白了取得成绩的前提一定是努力，也明白了什么是自己真正想要的。

"然后呢？"船帆的声音没有波澜。

然后，相见拥有了很多朋友，创造了自己的生活方式，与同学们的关系也渐渐解冻了。他喜欢上了这样的生活，一切都在慢慢好起来。

"就这样了。再说，你不也是合唱团的成员，咱俩最早不也是这么认识的？"

"这倒是。说了那么多，你跟许涵……"

许涵也是合唱团的成员。上课时许涵的座位与相见很近，二人也是无话不谈的好朋友。

"怎么，我得问一句你才能憋一句出来？"

相见没什么可说的了。那时的故事到这里也就结束了，之后没发生过别的什么事，毕业后二人也就没什么联系了。

"哦，这么说许涵对你来说是'知己难求'，不过之后没了联系，今天又重逢了，可以这样理解吧？"船帆扯了扯被子。

应该是这样吧，相见自己也不知道，只是觉得，有时候友谊就是这样，经不起时间的考验，所以那时他一直认为，还是一个人独处比较好。

"那，许涵是为了你才到这里住下的？"

"这个咱们不是讨论过吗？首先我要是邀请她来住，一定会提前问你的意见。其次，'船帆下'也不是一般人能找到的地方，她能找过来一定有原因。再说，我……"

船帆睡着了。

"唉。不过，这到底是怎么一回事……越来越难以捉摸了。"相见这样想着，在越来越深的怀疑中慢慢睡着了。

第二章

2

带你去花飞过的地方

一、"初次"见面

早上，被梦中的船帆踹醒的相见，匆匆穿好衣服，摇醒船帆，准备下楼吃早饭。

船和的屋门还关着，相见二人自己做了早饭。"这事还真怪。"相见切了一块火腿，"咱们就出去了一天，那位就搬过来了，不仅搬过来，都收拾完入住了，你说怪不怪。""嗯。"船帆把鸡蛋放在碗里，"作为'船帆下'的主人，我可得搞清楚这是怎么回事。话说，之后咱们应该怎么办？""我哪知道，骑驴看唱本——走着瞧呗。"相见摇摇头。"也只能这样了。话说回来，把他们俩放一块不管，不会出什么问题吧？""没事，我看他们俩好着呢。""也是，就这样吧。那咱们……"

"好困……哟，哥和帆姐都在啊。"相予揉揉眼睛走了出来。"姐，你怎么起得这么早……"船和看上去也很困。"昨天你们俩是不是又玩到半夜了？饭做好了，快来吃吧。"

"老弟啊，你们俩昨天玩到了几点啊，这么困？"相见说。"相见哥，不是我们睡得晚，是大清早的有人敲门。"船和揉了揉眼睛。"啊？谁啊？"船帆问，她现在对陌生人很敏感。"就是那个叫什么，许涵的，她来了。"早上天刚亮的时候，许涵来到一楼，把一封信放在信箱里，然后按了按门铃，跟相予说了点事，不过具体内容因为相予太困所以没有记下来。从门口把信取回来，四人凑在一起看。信中的内容不是很多，主要是感谢船帆同意让她住下，还有今天中午许涵设宴招待四人。比起感谢信，更像是邀请函。

一束玫瑰花和一个信封放在了相见家的信箱里，如果不是相见无意中看了一眼，还真有可能被错过。相见拿到自己屋里看了看，信封上写着"相见收"的字样，后面还画着一个可爱的爱心。把信拆开，上面写着：

> 在那花开的地方
>
> 我与你相识
>
> 冰冷的春夏秋冬
>
> 无数文字组成的夜里
>
> 我依然想念着你
>
> 我愿意永远的
>
> 陪在你身边
>
> ——与你并肩走过三年的许涵

"啊？"相见很惊讶，没想到竟然是这样的内容。

"哥，你这是怎么了，怎么这么，呃，我也不知道怎么描述你的状态了，你们俩昨天晚上是不是……"看到相见一脸问号，相予感到很惊讶。"我哪有这心思。话说回来，咱俩得准备准备，给人家留个好印象。""好。不过话说回来，她应该认识我们吧，这样的话就不用准备自我介绍了……"

"我是无所谓，你想准备什么就自己弄吧。正好趁着现在没事我补个觉，记得叫我起来。"说着相见便躺在了沙发上，"你帆姐踹人真的很疼啊。""好，那我去准备准备。"不仅是相见，相予的心里同样有很多疑惑：事情为什么会发展成这样，相见与船帆、相见与许涵……他们几人之间，有着什么样的关系呢？

"我们来了。"船和推开二楼的门。"我们也准备好了。"相予走过去迎接。相见艰难地抬起眼皮："咦，美女你谁……"

船帆穿着一身白色的长裙慢慢向相见走来。平时扎紧的头发也天女散花似的散了下来，黑白互衬，有一种清新而又成熟的美。"啊？你……怎么穿成这样了……""喜欢，怎么了吗？""哥，别看了，咱们该出发了。""哦……来了。"船帆走在前面，相见在后面偷偷嘀咕："从来没有穿成这样过，她什么时候喜欢这么打扮了……"

四个人来到了许涵家门口。船帆把相见推开，轻轻地敲了几下门。"请稍等，我这就来！"是许涵的声音。一阵轻快的脚步声由远及近。"大家来得好早，欢迎欢迎！"

温柔的阳光静静地洒在众人身上，带着一丝青春的味道萦绕在四周。简单的鹅黄色衬衫搭配浅色短裤，许涵带着甜甜的笑意打开了房门。

就是这样的一瞬间，相见尽力回想所有关于许涵的记忆。见到她以前，相见想到了很多情况：尴尬的对视，或是因为久别重逢而怔住……这一刻，所有的顾虑都已烟消云散，在相见的眼中，许涵比以前成熟了许多，也漂亮了许多。她认识相见四人，说明许涵还是那个许涵，只是，相见对她似乎有些陌生了。

"快进来快进来，里面已经准备好了。"许涵笑着招呼四人进屋。"那就不客气啦！"船和走在前面，"姐别看了，走啦。"

"刚刚搬过来，屋里还是有点乱，大家多多包涵。""哪里哪里，今日受邀前来，倍感荣幸啊。"相见慢条斯理地说，同时也在记忆中将她与曾经的许涵做着对比。是她，好像又不是。还是想不起来。

"来来来，大家入座，尝尝我的手艺。"许涵给每个人的杯子都倒上了饮料。

桌子上五颜六色的各式菜肴，让人眼花缭乱，很难想象这是一个女生花了几个小时的杰作。船帆夹起一块鱼，味道比自己做的好太多了。

芥末章鱼，白斩鸡，红烧带鱼，红菜汤，香蕉船……要不是相予、船和拉着，相见差点吃得趴到桌子上。

"这些……好熟悉。"相见好像想到了什么，但是放着一桌子的美食不吃，转而去想那些已经寡淡的记忆，此时此刻当然是不可能的。

许涵微笑着和大家一起吃饭。经过相见身边时，轻轻地拍了一下他的肩膀。视线交汇之时，相见读出了一句话：

多年不见，一切安好？

二、时间的裂痕

　　酒足饭饱，四人不顾坐相瘫在了沙发上。"几位先休息一下，我去收拾桌子。"许涵端着几个盘子走进了厨房，轻轻地把碗放进水槽，关上了厨房门。在这个密闭的空间里，她一点表情也没有，只是无声地洗碗。疲倦，兴奋，惊讶？谁也猜不透她在想些什么。突然间，一束光从门口透了过来，她的手边多了几双筷子。

　　"我来帮你。"相见走了进来。"啊？不用不用，你去休息吧，我自己来就好。""客气什么，反正咱们也不陌生。"相见平淡地说，但是内心还是有一点紧张。"哦，好。"厨房里再次陷入沉默。

　　过了很久，许涵说："没想到你还能认出我。"相见没有停下手中的动作，"想忘记一个人是很难的，更何况是你。"许涵怔了一下，"我有什么特别的吗？""当然有了，就比如说……"

　　"砰"的一声，船帆一脚踹开后面紧紧拉着她的相予、船和，一脸笑意地说："相见他最近事情多，身子不太好，这种粗活还是我来吧。""啊，那多不好意思，我自己来就可以。""这有什么的。哎呀，见啊，你还是早点去休息吧。听见没……走！"把相见甩到外面，又把门关上了。

"咱们去休息吧，管他们折腾什么呢。"船和带着相予回到了沙发上，相见还站在厨房门口发愣。

相见心中不免生出许多疑问：许涵是怎么找到这里来的？还有，她为什么要搬到这个与世隔绝的地方来？不会真是为了我吧……二人虽然可以说得上久别重逢，而实际上却已经很陌生了。

时间就是这样，承载许多却永无休息。从几年前大家相遇起到现在为止，这里的每个人都忘记了很多事情。时间的巨大洪流将它们悄悄带走，又毫不惜力地把大家推出青春的边缘。相见喜欢的、讨厌的、爱的，都已经逝去了。时隔多年再次出现在眼前的，即便是仅一街之隔的曾经的恋人，都会沦为陌生人，更何况是这样的二人呢？

"而且我们本来就没有过什么故事啊。"相见想。

无数次地思考"船帆下"是什么，相见一开始觉得，只要靠近它，一切问题都会慢慢迎刃而解。虽然他自觉已经融入了这里，却发现疑问越来越多了，而且更加复杂，毫无头绪。相见有些矛盾，他感觉在这里的生活又开心又焦虑。开心的是，大家能像一家人一样生活。但是，好奇怪啊，因为这样的幸福对相见来说，得来的还是太容易了，容易到了可疑的地步。这下许涵也来了，自己心中早已出现的很多关于"船帆下"的猜想又从脑海的最深处浮了起来。

相见不想，也不愿意去证实这些想法。这样的生活，不正是我梦寐以求的吗？虽然有可能糊里糊涂地过一辈子，如果能一直和他们在一起，其他的又有什么关系呢？他们才是我的全部啊。

在他思考的时候，"相见哥，快过来，别离'战场'太近。"船和小声说。"哦，这就来。"回过神，相见赶快跑回了客厅里。"你们说，她们俩干什么呢？""洗碗啊。"相予说。"是洗碗呢，那，她们俩聊什么呢？"

别说像船和那样了解船帆的人了，估计除了当事人以外，谁也不知道。转头看看，从厨房门口到客厅边缘，一幅横跨三楼的"铁幕"已悄然落下。厨房里传出了二人的欢声笑语，虽然门已经被船帆关上了，但是似乎没有起到任何效果。子弹风暴变成了花花绿绿的糖果弹幕透过来砸在三人身上，可以感觉到所有的情绪，只是不知道她们在聊什么罢了。

"已经到下午了，这个许什么，不会留咱们喝下午茶吧？"相见小声说，指了指挂着水珠的茶杯。"哥，你希望跟她一块聊到晚上吗？"相予问他。"可别，要不是因为礼节，我刚才就已经跑了。"相见笑了笑，"不过，已经过去这么久了，她们俩应该完事了吧？而且我有一点不明白，为什么这次帆的状态就像打了鸡血一样啊？""嗯？难道你不知道吗？""我到哪知道去……"

厨房门被推开了，三人的闲聊被迫告一段落。许涵提着一壶热水走了出来，船帆跟在后面。"大家久等了，我这就给大家泡茶。""哎呀那多不好意思，我们还是不打扰了吧？"船帆走到了沙发边上，没有坐下。"没事没事，很快就好，帆姐请坐吧。"许涵一通忙活，没过几分钟，每个人的手里就都端上了一杯热茶。

"今天邀请大家来做客，首先要感谢帆姐在门口挂的那块叫'船帆下'的牌子，我一看，符合入住的要求，而且三楼空着，也没有上锁，就干脆住进来喽。"她的语气很是欢快，"见到大家以后我很开心，因为大家都是我的老朋友呢。相见是我原来的同桌，帆姐是在一班吧，相予弟弟比相见低一个年级，船和妹妹……应该和帆姐班号相同吧，和相予一样比帆姐小一岁。"

相见的笑容僵住了。他跟许涵只是朋友，印象中他从未向她提过有关相予的事情，而且许涵对船帆的了解应该止于合唱团同一个声部的队员而已，更不可能知道船和的事情了。不过既然许涵能找到这里，知道这些她本不可能了解到的事情自然就不奇怪了，所以相见并没有表现得很惊讶。

"几年过去，大家好像陌生了呢，那我就重新做个自我介绍吧。我叫许涵，是跟相见和帆姐同岁的老同学，当然了，我也是相见的老朋友。我和相见、帆姐、相予都是菲文路合唱团的成员。其他的嘛，我喜欢出去玩，去各种有意思的地方，如果以后有时间的话我会邀请大家一起出去玩的。还有啊，我随时欢迎大家来这里玩，我觉得帆姐说得很好，'这里是我们共同的家'，对吧？"

从三楼下来，四人凑在了船帆家的客厅里。"怪，很怪。"船帆皱着眉头说。"对啊，就是很怪。"相见挠挠头。"那你说说，怪在哪？""你说她从哪淘换的这么一身衣服？""我是说，我们和她本来就没有那么熟悉，而且这么多年没联系了，她对咱们怎么知道得这么清楚。而且，她应该不可能知道船和的事情吧？""是啊，还有姐姐说的那句话，那是咱们第一天到这里吃饭的时候说的，但是当时只有我们四个人在场啊，她怎么会知道那句话……"船和也发现了不对劲。

"唉。"船帆瘫坐在沙发上，"真不知道以后咱们要怎么办啊。""你是觉得她对咱们构成了潜在危险，还是有别的什么想法？"相见问她。

对于相见来说，虽然许涵的到来对于"船帆下"这个巨大的谜团而言只是增添了一抹神秘色彩，但是，他的想法已经在不知不觉中发生了一些变化：不仅想要探究这一切背后的秘密，还要兼顾身边所有人的感受，他有些疲惫，也有些难以承受了。随着疑问越来越多，他面对这些事情愈发束手无策，无力和绝望的感觉逐渐占据了他的内心，他开始有逃避的想法了。他试着说服自己：别想了，现在的生活不就是自己想要的？但是，在内心的最深处，他还是无法坦然接受这一切。

所以关于许涵这个"异常人"，船帆三人的看法变得重要起来，所以相见才这样问她。

"没事，有点奇怪罢了。"船帆没说别的什么。虽然相见依然觉得一头雾水，好在相予还是能猜出一部分的。

回到家，关上门，相予拉着相见坐在沙发上，说："哥，帆姐是不是怕许涵……让你回忆起什么？然后你们俩，就……对吧？然后帆姐就……对吧？""哦，原来是这个意思，倒是合理。嗯，不排除她有可能这么想。"相见明白了相予的意思。

"船和跟我说过，帆姐经常说你的理解能力跟榆木疙瘩比强点，但有限，今天看来一点也不夸张。说实话有个事情我比较好奇，但是一直没问你，今天既然说到这儿了我就问一句吧：你和帆姐之间到底发生过什么啊？"

"就这个问题啊？好奇就问呗，这有什么的，偏要等到今天，"相见顿了顿，在相予好奇的注视下说了两个字，"你猜。"

三、往事的邀请函

夜已经很深了。"予，今天就别去找船和玩了，晚上要下雨，连月亮都看不见。""要下雨啊？那好吧。""正好今天咱俩都早点睡觉。我感觉啊，这几天的事情发生得有些莫名其妙，就你帆姐那个状态，估计日子一时半会也是消停不下来了。""是啊，你说这个许涵是怎么找过来的？这里这么偏僻，从咱们的老房子出发，没有帆姐指路，我们都到不了这里。再说，咱这周围除了树什么也没有，到最近的镇子开车都要小半天，根本不是一个明显的居住区啊。也难怪帆姐招了三年房客一个人都没有来。""也是。所以，你觉得她是故意搬过来的？"相见歪起头。"嗯，至少我觉得不会有人为了享受生活来到这里，太偏僻了，一切都太不方便了。我感觉从某种意义上讲，把这里当作另一个世界也未尝不可。""是啊。疑问太多了，只能找机会再去慢慢解开了。话说回来，虽然我们俩以前是同桌，但我跟她并没有过什么太深的接触。""如果你都没有什么头绪，那所有关于她的问题就只能留到以后了。""嗯，再接触接触吧。"

"几点了，这是谁啊，起这么早……"第二天早上，相见被消息提示音唤醒了："这几天没什么事吧，我们五个要不要一起出去玩？"

　　"许涵的短信？我和帆姐她们都收到了，内容都是一样的。"相予说，"快点下楼，帆姐想找我们商量一下。""我这就来，"相见匆匆地换衣服，"感觉这几天，我们被各种疑问环绕着，每天都在问'为什么'或者'怎么会'，答案总是'不知道'。希望今天至少能对许涵这个人有个初步的了解。""是啊，我们对她的了解太少了。不过，如果帆姐决定答应邀约，我们怎么办？"相予关上门。"这还用问，"相见没有犹豫，"当然是一起去了，接近她才能更好地认识她嘛。"

　　楼下，四人一边吃早饭一边聊关于许涵的话题。船帆说："既然咱们四个都同意跟她去玩，那我过一会儿就去回复她。不过许涵并没有说目的地是哪，所以这几天我们可以等她主动过来解释一下行程。我认为这是咱们了解她的好机会，如果她想留下的话，这场旅行也是她融入这里的好机会。不过，她的去留取决于她自己。所以，就让我们拭目以待吧。你们对这件事或者对许涵这个人有什么想法吗？"船和说："我觉得涵姐姐是一个很好的人啊，很温柔，希望以后能天天跟她一起玩。"相予也说："我感觉涵姐是一个很温暖的人，对我们也很好，如果她要离开，在那之前我希望能多和她聊聊天。""嗯，你们俩真是一对啊。见，该你了。"船帆戳了戳相见。"我……我希望她和我们能尽快熟悉起来，我们也该为这里终于有了新房客感到高兴。""就这啊？算了，我就知道你遇到正经事一准没主意，所以奖励你收拾桌子。此外，如果大家再收到许涵的消息，或者有了什么新的想法，记得及时跟我说。我这就去给许涵发消息，说我们四个人都去。相见、相予，你们俩早点做好准备，别临出发再手忙脚乱地收拾行李。"

"哥，你觉得许涵会带我们去哪玩？""这我怎么知道？""她可是你的老同学，你对她多少会有些了解吧？""有道理，但是我目前对这件事没有什么想法。""那有没有你们俩一起去过的，印象比较深刻的地方？""我们俩一起去过的地方……菲文路中学？也不仅仅是那里，我们也去过别的地方，好多好多，也不可能在这几天里一次性都去吧？""那有没有什么具有代表性的地方？比如谁过生日在哪办过庆祝活动什么的？"相见想了想，干脆把新买的地图拿了出来。二人打开地图，拿起记号笔，用了将近半天的时间，在地图上菲文路一带一通圈点勾画，最后发现，不仅依然没有思路，还把地图画到没法看了。相见干脆直接往地上一躺：不想了，等着事情自然发展吧。

到了晚上，四个人一起在船帆家吃饭，相见把二人在地图上"泼墨山水"的事迹简单讲了讲。船帆没憋住笑，"你们俩啊，还是跟以前一个样。我说，这件事没必要这么上心吧，反正我们已经决定跟她去了，你们关心的这些到时候不就知道了？你们现在猜来猜去毫无意义，而且还会无谓地增加焦虑。""只是好奇嘛。我还有一个问题，我们要不要主动采取行动接近她？"相见说。"为什么？"船帆问。"因为谁也不会想要一个不熟悉的人住在自己的楼上。""嗯，难得你能说出这么有道理的话。各位，见说得一点也没错，虽然许涵对我们来说勉强算得上是熟人，但是已经过去了这么久，人是会变的，所以我们需要重新认识一下她，为了'船帆下'，也为了我们自己的生活。所以，这趟旅程请大家做好准备，一方面要尽兴游玩，另一方面要……"

"许涵的短信！"船帆的手机突然响了起来，三人赶忙围了过来。"她说去菲文路。""那不是咱们以前上学的地方吗，那儿有什么可玩的？"船和疑惑地说。"既然在市内，那还是订个酒店什么的吧，从'船帆下'进城得好几个小时呢，一天之内往返太折腾了。"相见说，"帆，你一会儿跟许涵说一下这件事吧，我去订酒店。""不用了，她说食宿都计划好了，而且，明天中午之前出发。""这是给咱们整了个'一条龙服务'啊……""好，那我就先答应下来，大家今晚一定要把行李收拾好。""好！"相予、船和拿自己的东西去了，相见对船帆说："希望此行一切顺利。""嗯，我们每个人都要平安回来。"相见笑了，"好好的旅行怎么整得跟生离死别似的。"船帆也笑了，"还不是你挑的头。许涵还说，明天坐她的车出发，我觉得，让她负担那么多事情不太合适，所以明天能不能你来开车？""我没什么意见，她同意就行。""行，我现在就跟她说。还有，船和他们可能会很兴奋，到时候你盯着点他们别出危险。""能有什么危险？行，我盯着点就是了。""嗯，暂时就先这样吧，辛苦你了。"船帆拍了拍他的肩膀。"跟我客气什么。"

出发前的几个小时，四人在一楼等许涵，相见则在来回踱步，"搞不懂，搞不懂啊搞不懂。予啊，当年上学的时候咱们学校附近有什么好玩的吗？""啊？那边能有什么玩的，就是饭馆多，而且排队一排一整天。我觉得她应该不会去这些地方吧？""见，你累不累啊，一圈一圈地走？你不累，我都有点眼晕了。"船帆晃了晃脑袋，稍稍舒服了一些。"我也不知道我在想什么，但是去那边……算了，我就自己想想吧。"

只知道大概的游玩位置，不知道发起者的目的，也猜不出旅行的主题，这样的旅行让相见有些疑惑。挠挠头，干脆不想了。

"抱歉抱歉，我来晚了，让大家久等啦。"许涵穿着白色的短袖配牛仔短裤，戴着遮阳帽，突然出现在了大家面前。"涵姐，你终于来了！""是啊，你要是再不来，相见哥就要把我们转晕了。""瞧你们俩说的，我哪有……""好了好了，我们路上再聊吧。帆姐，如果你们准备好了，咱们就出发吧。"许涵对船帆笑了笑。"嗯，走吧。"

四、拂去记忆的烟尘

　　船帆的头靠着车窗，看着许涵拉下副驾驶的安全带，相予、船和在身边玩闹。"你们俩安静点，别影响相见开车。"相见回头看了看，说："人齐了，那我们就出发了。"轻轻点了一下油门，车一下子就蹿了出去。"这车确实好啊，以后等有机会了我也要换一辆。"相见想。

　　车的性能不错，很快就从坑坑注注的土路上开了出来，快速地行驶在了柏油路上。许涵摘下了遮阳帽，看向身后说："首先感谢大家在百忙之中抽出时间出来，我刚刚搬到这里，想借这个机会和大家熟悉一下。我要带大家去一个很有意思的地方，这个地方就是菲文路。想必各位对那里的印象都很深，也会有很多不同的个人情感吧。行程分为两天，第一天我会带大家去菲文路周围转一转，晚上安排了一些好玩的游戏；第二天给大家安排了一个很有意思的特别活动；第三天早上回。具体内容敬请期待哦。""那个我打断一下，咱们五个都在菲文路上了三年学，就我个人而言，对那个地方确实有很深的感情，但要是说好玩，我觉得说不上吧。"相见说。"你别理他，他那脑子一天天的不知道在想什么，你就当他什么也没说。"船帆觉得有点尴尬。"哈哈哈，没关系的，其实这个问题问得很好啊，那时的我们含苞欲放，不仅没有给那里的空气留下自己的芳香，也没有实现属于自己的小小梦想，以至于留下了很多遗憾呢。现在我们已经长大了，有了充裕的时间，这一趟旅程当然要完成一些当年心有余而力不足的事情，没准可以弥补一些遗憾哦。"

路途远且无聊，后排的船帆三人很快就睡着了。一向有些"话痨"的相见一句话也没说，只是静静地开着车。"导航给你标好了，到了服务区记得把大家叫醒下车休息一会儿，不用着急，咱们晚上到酒店就行，时间很宽裕。"许涵说，"那我先睡啦，午安！"

"嗯。"此后几个小时，除了空调使劲给车内降温的轰鸣声和车子在路上奔跑的喘息声外，车里一点声音也没有。

从远郊到了近郊，路牌上的一些地名变得熟悉起来。相见想起从前去很远的地方办事的时候，就喜欢看高速上的路牌，看到陌生的名字，通过名字幻想有趣的场景，再对路程的长短感叹一番。没有什么意义，可就是喜欢。不知不觉就天黑了，或者到家了，他会期待下一次这样的旅程。思绪拉了回来，不知不觉间已经能看到城里的楼房了，加上夕阳的映衬，不觉有些失神。"开得挺快啊，这么早就进城了，没进服务区休息吧？"许涵醒了。"嗯，我主要是想早点进城。不过已经傍晚了，不早了。睡得怎么样？""很踏实，车技不错啊，开得很稳。我看看导航……还有一个小时就能到了。"

"我们到了吗……"船和醒了，摇了摇倒在她身上的船帆，"姐，这是哪啊？""怎么了……"船帆揉揉眼睛，"见，你开得挺快啊，这么快就进城了。""不算很快吧，已经傍晚了。""那也很快了，要是见开他那小破车，咱们估计后天还在高速上修车呢。"

相予也醒了。相见关上了空调，把车窗打开了一个小缝，大家瞬间感受到了熟悉的气息，一下子就精神了。船帆又看到了熟悉的场景：剧院、公园、商场……"我又回来了。"

小车在菲文路附近的几条街上绕来绕去。"见不至于到了这儿还能迷路吧。"船帆偷笑。

……

"真是不负众望啊，跟着导航走还能开到巷子里去，这下好了，看你怎么出去。"船帆说。相见把车开到了一条小巷子里，前面堵车，后面也有车排队，被卡在了路中间。"我也不想啊，而且导航上面说这条路比较近嘛。"相见挠挠头。"我订的酒店就在前面，走过去也没多远。要不这样吧，我带着大家先去大堂里面等，相见去停车，好不好？坐车坐得腿都麻了，我们下车走一走吧。""也好，相予、船和，咱们先走，让你们那个不认路的哥哥堵着去。"许涵从车后绕到相见的旁边，示意相见摇下车窗，"相见，一直往前开，路口转个弯就能看见停车场了，酒店就在前面，我们等着你。""好，放心吧，我一会儿就到。"

"来了来了，咦，你们怎么都在这儿站着呢？""你怎么这么慢？"船帆掐了他一下，"还有，你这是什么问题，我们不站着还能躺着？"看到相见开始歪头，许涵说："哎呀，大家都到齐了，我这就去办入住，其他的事情一会儿再聊吧。"

许涵给了四人每人一张房卡，都是楼层比较低的双人间，许涵自己拿了一张高层单人间的房卡。船和问她："涵姐，你一个人单独住一间房不孤独吗？明明是大家一起玩。""没事啦，我一个人没问题的。而且单人间的床更大，一起玩的时候会很方便。大家简单收拾一下，咱们过几分钟在大厅集合，这边的夜市很热闹的，咱们好好折腾折腾。""好耶，我已经很久没逛过夜市了，一定要大吃一顿！"相见这才反应过来，五人已经一下午没吃东西了。"咱能不能有点出息……"船帆一脸无奈。

菲文路的夜市远近闻名，来自五湖四海的游客络绎不绝。无论春夏秋冬，天刚擦黑，甚至几个小时之前，门口就已经排起了长长的队，一直到后半夜才散去。还在上学的那几年，每次船帆问相见要不要去夜市玩，相见碍于二人之间的关系，想"保持距离"，总是以人多、不想吃东西等理由推脱。这下沾许涵的光来到了这里，而且长大了不用再顾及那么多的事情了，这下可以好好玩一通了。相予、船和也是如此，也想好好闹一闹。"今晚可以敞开了玩！"相见笑嘻嘻地对相予说。

"哥，你先坐一会儿，我换件衣服……你先别睡，你已经大半天没吃饭了，再撑一会儿。而且帆姐还等着你呢。""也是，"相见从床上爬起来，"走，咱们出发。"

许涵带着相见、船帆走在前面，相予、船和走在后面。"怎么样，还认识这里吗？"许涵问相见。"那当然了，虽然已经过去了这么久，但这里是我永远忘不了的地方。"相见说。

"我们到了，就是这里，可以准备开始玩了！"许涵对船帆说。"好耶！"船和说，"走啦，予，咱们去吃点东西。""嗯。""你们俩慢点跑，注意安全……这两位还是没长大。"

"那……咱们几个一起？"船帆看了看相见和许涵，"他们俩跑了，那就咱仨一起玩呗。""不了不了，我就不打扰二位了。这里是吃喝玩乐的地方，不需要导游。你们玩痛快了自己回去就行，要提醒两位小朋友早睡哦。那么明天见啦，祝晚安。"许涵说完便消失在了熙攘的人群中。

"走吧，既然来了就好好玩。"船帆说。"嗯？那他们俩……你出发之前不是特别嘱咐过我吗？""没事，这俩小孩出不了问题。""也对。他们在我们的保护下一点也没长大。不过，至少今天晚上可以踏实一点了。好了，咱们也去玩吧。""也是，不过我希望他们永远长不大，永远保持着青春和活力，多好啊。"每次谈起这些事情，船帆总是微笑着。

人还是一如既往地多，符合相见对这里的印象。快到后半夜了，船帆在相见的拉拉扯扯下还是没能离开烧烤摊。"帆大小姐，您吃好喝好了没？"相见摸了摸被各种美食撑大了的肚子，船帆还在往嘴里塞着烤串，"我差不多饱了，你不行，你吃太少了，再来一串……""我不行了，一点也吃不下了。咱们回去睡觉吧，明天不能起太晚。""也是，咱们先回去看看那俩小孩有没有好好睡觉吧。"

不出所料，二人又被相予、船和"安排"在了一间屋子里。刷了刷隔壁房间的门卡，门已经在里面拴上了，隔着门，似乎能听见他们在屋里偷笑的声音。"唉，每次都是这样。"船帆摇了摇头。

酒店的最后一点灯光熄灭了。菲文路经过一天的喧嚣，终于在这一刻安静了下来。不过很快，待到东方地平线上出现第一缕阳光，这条路将再次焕发出耀眼的生命力，将世间万物容纳其中。

五、相同起点的不同旅程

"哥，起床了。"相予在电话里说。"啊，我不记得我订过叫早服务……哦，是予啊，那没事了。""怎么了，好困……哎呀，怎么这么晚了。"船帆爬起来，"快起来吧，已经不早了。""估计他们俩和许涵已经在下面等着我们了。"

"呀，大家都到齐了，那咱们就开始今天的行程吧。"相见二人匆匆跑下楼。此时许涵三人正站在大堂里，已经准备好了。

"怎么样，大家休息得好吗？"许涵远远地向他们挥了挥手。"挺好的，一觉睡到现在。""既然大家都准备好了，那我们就出发啦。早饭肯定是赶不上了，咱们先去吃午饭，然后开始今天的行程，好不好？""好！"

相予、船和拉着手在前面走，许涵三人并排走在后面。"所以咱们要去哪吃饭？"相见问。"学校边上有一家不错的小吃店，你们还记得吗？""记得，虽然那时候我没有多少心思去关心周围有什么吃的，但喜欢的店还是可以记住的。""我们四个一起去过，是个不错的地方，对吧？"相予对船和说，"那里的牛肉饭很好吃。""是啊，很怀念那个味道呢。"想起那些幸福的时光，船和笑了。"那就加快步伐，快点去品尝吧。"

"我看看，我要一份牛肉饭。你吃什么？"船帆把菜单递给相见。"嗯，我要一份黄油土豆加鸡块。""虽然这家店的菜量很大，但是没有主食的话，在下一顿饭之前还是会饿的哦，特别是对于今天的行程，所以点个主食吧。"许涵重新把菜单递给了他。"那我加一份乌冬面。予，你们俩呢？""我们两个已经点好了。"

"这家店好小。"船帆环顾四周，空间确实不大，只有几张桌子，显得很拥挤，灯光也很昏暗。"是啊，而且客人很多，要不是我预定了座位，咱们就得等位了。"许涵放下了菜单。"但是我记得当年来的时候，这里好像没有这么小，店面、桌椅这些，似乎都小了一圈。"船和说。"那是因为你们长大了，"船帆摸了摸她的头，"人长大了，身边的东西自然就都变小了。""但是姐姐你反倒变大了啊。""那是当然，我很早以前就是个大人了。""我是说，你这几年脾气大了不少。"相见偷笑，"真会说话。"

菜很快就上齐了。"好丰盛，"相见感叹道，"而且汤里没有放香菜。""这家一直都不放，正好你不吃香菜，如果是我的话，可能会觉得味道没有那么香。"许涵说，"我要是没记错的话，帆姐应该也不吃香菜吧？""嗯，我也不吃。"

"和，你尝尝这个，跟之前的味道简直是一模一样。"许涵刚想说什么，就被相予打断了。"真的啊，还是那个味道，而且好像更好吃了，可是……""可是没有那时的感觉了，对吗？"船帆拍了拍船和。"也许吧。"船和用筷子捅了捅鸡块。"我知道为什么你觉得比以前更好吃了，"相见把头埋在了面碗里，"因为前段时间帆做的饭太素了，肉菜不放油，素菜也看不见多少油点。""但是低油低盐对身体好，不至于得肥胖病，所以啊，味道和健康很难兼得。其实很多事情都是这样，必须有取舍。不过，大家难得出来玩，偶尔吃一次也没什么关系，放开了吃吧。""对，看看人家帆姐，生活多健康，我们要向帆姐学习！""相见，难得你这么积极，这样好了，回去以后我亲自下厨，你吃两个月我的'健康餐'，保证让你从现在到年底大病小病都不得，怎么样，咱们试试？""还是算了吧……"

相见依稀回忆起，这家店从以前到现在没有变过位置，而且虽然坐落在学校附近，但是以前并没有像现在这样火爆，即使在菲文路最热闹的晚饭时间也没有多少食客。那时相见为数不多的几个朋友在放学以后经常来这里加餐，每每邀请相见一起来，他总会以各种理由推辞。直到有一次相予过生日，四人选择在这里庆祝，那是他第一次来这里吃东西。他感觉虽然味道不是很好，但是很有特色，而且很合他的胃口，他逐渐喜欢上了这家的饭菜和在这里用餐的氛围。店面不大，如果遇到了没有位子的情况，他就打包带回家。渐渐地，这里成了他最喜欢的饭馆，之后来菲文路附近办事，无论身边有谁，或是时间多紧，他都会来到这里吃一点东西，点菜以后去隔壁的奶茶店买一杯奶茶，坐下来慢慢品味。

　　说起奶茶，菲文路附近有好几家奶茶店，相见都去过，而最喜欢的也是距离这家店最近的那家。原因有两个：一个是离地铁比较近，买完之后能直接进入通勤程序；另一个是出于他神奇的脑回路——喝得最久的店一定最好。他喜欢熟悉的地方，喜欢熟悉的味道，就这样一直喝到了今天。

　　"好啦，虽然没有酒，但也能说得上是酒足饭饱。带好随身的东西，我们准备出发吧。今天下午咱们要沿着菲文路向西走，我已经订好了奶茶，一会儿咱们边走边喝。""好！""新的旅途，我们来了！"

六、我们一起见过的风景

盛夏午后的太阳有些烤人，五人走过时暂时出现的阴影也没有给炙热的道路带来些许阴凉。学生放假了，大部分旅客也在白天休憩，等待着晚霞。马路上没有多少车，街上没有什么人。沉寂，菲文路的白天就是这样的平淡。

"涵姐，我们还要走多远啊？"船和有些累了，"这条小马路不会是第一个景点吧？""快到了，再坚持一下。"许涵喝了一口冰奶茶，"啊，现在在我们右手边的是本次行程的第零个景点。如果愿意的话，大家拍个照吧。"

菲文路中学。无数回忆聚集的地方，也是他们青春痕迹最后的庇护所。

"好啦，我们继续向前走吧。""啊，涵姐，等等我们。"相予拽着船和小跑着追了上去。"帆，我们也跟上去吧。""好。见，你说咱们有多久没回去看看了？""已经很久了，以后找个机会回去看看吧。"相见摇摇头，"这些年咱们离它越来越远了。""唉，不知不觉已经过了这么久了……""哥，你们快点跟上。""哦，来了。"

走过了很多路口，许涵在一座宏伟的建筑前停下了脚步，"好啦，请大家看这里，想必大家都知道，它叫钟楼，是这个城市有名的建筑，也是菲文路的最西端，旁边是几家很正宗的小吃店，也有几条百年前的街道，虽然好多已经被商业化了，但还是具备很高的观光价值。本日的行程就此开始。不过现在还是太热了，咱们去喝个下午茶避避暑吧。""太好了，附近有没有好一点的咖啡厅，我快被热化了。"相见气喘吁吁地说。"啊，有的有的，跟我来吧。"相见立刻精神了起来。

五人进入了一家芝士蛋糕店。相见对这里印象很深，读高二那年，相见得了一个奖，对于他来说简直是上天眷顾。因此，他在某天放学后将船帆三人约到了这里，请大家一起吃蛋糕，留下了一段美好的回忆。

只是，现在的店面与相见印象中的相比差距甚远，经过装修，虽然只是一家小铺子，但是明显大气了很多。不过，没有那么熟悉了。许涵挑了一张大桌子，然后点了几款蛋糕和饮料，很快，服务员就把食物端到了桌子上。

"怎么样，小蛋糕还不错吧？"许涵放下叉子问道。"嗯，有一种怀念的感觉。"船帆说，"我们几个以前好像来过这里，本来想不起来是这家店，因为装潢变化太大了，但是这种口感还是唤醒了我的记忆。""是啊，那天我带着你们仨，一放学就往这边跑，正好有一个四人的位置空出来。""我也有点印象，那几天学校好像是评什么奖，据说我哥那个班里，符合条件的同学都多少有些'瑕疵'，投票也没投出个结果，班主任就'矮子里拔将军'，让他上了。"相予想了想。"嘿，这时候就别揭我老底了……再说了，那也是咱优秀，要不然这个奖早归别人了。""哥啊，咱还是别聊了，快点吃吧，就你吃得慢。人家帆姐这三年，少说也拿了一屋子的奖，她可没跟你似的天天把这个挂嘴边。"相予吃了一块相见盘子里的水果。"物以稀为贵啊，哈哈哈……"船帆摇摇头："唉，我看这三年相见就收获了一个好心态……"

"下午茶时间结束！我们现在要往东走。大家抓紧时间拍照！""这种地方也要拍照吗？"相见心想。

"涵姐，帮我们俩拍一张呗。"相予把手机交给许涵，与船和摆好了姿势。"咱俩要不要也拍一张？"船帆拽了拽相见。"你愿意就行。""这叫什么话？大家应该一起来拍张合照，这样才有纪念意义。""好，我来给你们拍合照。"许涵走到了四人面前。"我是说，咱们五个一起拍。""啊，这，我就不用了吧。""涵姐，这有什么关系，来嘛！"船和把许涵拉到了她边上。

"那就只能麻烦一下店里的服务员了。"

"真好看。好啦，我们出发吧。"谢过服务员，五人踏上了来时的道路。

"还记得我们是怎么认识的吗？"静静地走在路上，船和问相予。"记得啊，那年你和帆姐一起搬回来的时候，我们就认识了。怎么突然问起这个了？""因为这是我们认识的第一天，你带我走过的路啊，刚才我还没反应过来，不过现在想起来了。""你这么一说我也有点印象了。唉，虽然已经过去了很久，但这一切就好像发生在昨天一样。""哇，原来你们两个是在这里熟悉起来的啊，那本次旅行算是有了意外收获呢。"许涵听得津津有味。"之后，他们俩的关系就一点一点地亲密起来了。"相见补充道。

"你们四个人凑在一起，真的是一段很奇妙的缘分，可遇而不可求啊。"许涵笑了。"那，涵姐遇到过这样的缘分或者这样的友情吗？"相予问她。"嗯……有啊，也是很久以前的事情了。""能给我们讲讲吗？"相予的脸上写满了好奇。"很没意思哦，并不是所有的缘分都能结出你们这样的果实的。说实话，我错失过很多这样的机会，曾经的密友也因为各种原因不联系了，所以，我丝毫不会责怪生活把我从温室里一下子抛了出去，让我独自一人在这世界上漂泊。"许涵低下了头，不知道想起了什么。"啊，好可惜啊。"船和小声说。"但是，涵姐并不是独自一人啊，你现在有我们了，我们大家在一起玩，难道你不喜欢这样吗？""我……真的会有地方愿意让我留下吗？""'船帆下'虽然不大，而且偏僻，但是作为一个家，应该说得上是豪华顶配了。"船帆拍了拍她的肩膀。"是啊，既然大家相处得这么融洽，至少现在，先不要想那么多了，咱们先享受这段旅程，大家能一起出来很不容易，后面的事情等以后再想吧。前面那个路口是不是要过马路？如果是的话，我们已经错过好几个绿灯了……"相见从她的身边经过，走到了斑马线旁。

"相见难得能说出这样的话。"船帆想了想，随即拉着许涵三人跟了上去。

沿途的风景，五人谁也没有心思观赏，每个人都在思考着不同的事情。

船帆一路上没有说话，相予、船和还是蹦蹦跳跳的，许涵也没说什么话。

"人啊，早晚都是要长大的，现在看来果然是这样。在成长中没有感受到太多的风雨，原来只是因为我比较幸运罢了。"相见这样想。

七、伸向过去的手

街上的人渐渐多了起来：下班回家的，旅游的，招揽食客的。看起来，这里的生命力只属于那一抹浅浅的晚霞。五人只是这样走着，没有人说话。

相予试探性地问了一句："涵姐，咱们晚上是要在酒店里吃饭吗？"许涵笑了笑，"是的，因为在菲文路上吃饭就不能享受到我的小活动了。""哦，是这样啊。所以酒店里有什么好吃的吗？"船帆问她，她撑着酒店大堂的门，让四人先进去。"不是吃酒店的饭。我已经准备好了，就是这个，大家休息一会儿就来我房间吃饭吧。"她拿起了外卖柜上的一个大包裹。"相予、船和，你们一会儿提前上去帮她准备一下。"船帆想多照顾照顾许涵。"没事，大家今天都累了，而且准备工作也不麻烦，我这边收拾好了就给你们打电话。"电梯停下了，五人和其他游客一起挤了进去。

"你们俩收拾好了吗？许涵打电话了，叫咱们过去吃饭。"相见敲了敲相予的房门。"我们这就来。"

"我们来了。""哇，涵姐，你房间好大。"船和在许涵房间里左顾右盼。"所有客房的空间都是一样的，只是显得大而已。不过正好方便咱们吃饭。"

五个人坐定，许涵说："首先我还是要感谢大家抽出宝贵的时间到这里来。我是新搬进来的住户，招待不周请大家多见谅。然后就是，今天的行程中我看到大家玩得很开心，也想起了很多事情，我心里非常开心。这样，咱们边说边吃吧，我给大家买了饭团和饮料，相见，麻烦你把酱油拿过来。明天，我为大家策划了一段特殊而有趣的行程，不会有今天这么累。到了地方以后，你们要分成两组：相见和帆姐，相予和船和妹妹，两组要分开游玩，解散的时候我会给大家不同的线路图，请大家一定要按上面的路线进行。""好。"相见拖长了声音说，咬了一口三文鱼饭团。"那，涵姐，明天要去哪玩啊？"相予问。"这个暂时保密，明天你们就知道了。还有，晚上不许出去，不然就没有惊喜了。""哇，这么神秘？"船和很期待。"嗯，很有趣的哦。"许涵笑了，给船帆夹了一块鳗鱼，"帆姐别客气，多吃点。"

　　"好啦，食物都被大家'消灭'掉了，要不要来玩个小游戏？"许涵说。"我们随意，听你的。"相见举起饮料瓶子掂了掂重量。"没了，你少喝点，体重又涨了吧？"船帆说。"你真是哪壶不开提哪壶啊……""好，那咱们就从相见的体重开始。""啊？这是什么游戏？"相见歪着头说。许涵拿出一副扑克牌，拆开包装，反面朝上摊在了床上，"大家一人抽一张，如果相见体重的公斤数能被牌的点数整除，就算胜利。如果不能整除，就要接受胜利的人的一个提问哦。""好像很好玩，那，哥你现在有多重？""呃，差不多 86 公斤吧？""好，那就按这个数来算，大家先轮流抽牌吧。"

"我抽到的是方片Ａ，那我安全了。"船和扑到了相予身上。"太好了，我也安全了，我这张是黑桃２。"相予说。"你的是什么？"船帆扣住自己的牌去抢相见的那张。"不是，涵姐，这个怎么算啊？"在众人的笑声中，相见尴尬地把扑克牌的广告牌展示了出来。"啊，我忘了把它抽出来了。"许涵偷偷笑，"它当然不能整除了，你输了！"

"哎，不是，我怀疑有人暗箱操作，申请复核！"相见歪着头说，盯着大家抽到的三张２一张Ａ。"驳回！根据游戏规则，我们要问你问题啦。那就，船和妹妹先来。"许涵拍了拍船和。"啊，那个，相见哥，你和我姐是怎么认识的啊，我一直都不知道呢。""我想想这个要从哪里说起。"四人都在用期待的眼神看着相见。

"就，当年在合唱团一起排练，就认识了，没有别的什么故事。""啊，原来是这样的吗，那你们……""船和妹妹只能问一个问题哦，下一个由帆姐来问吧。"

"相见我问你，你……最欣赏我的哪一点？""哦？你们俩关系果然不简单。"相予的嘴角逐渐上扬，许涵、船和的脸上也满是好奇。"呃，开朗贤惠，美丽大方，善解人意？""嗯，这还差不多。"

"好，那相予弟弟有什么想问的吗？""哥，你当初是如何决定搬到'船帆下'来的？根据我的了解，你应该会觉得老宅子挺不错的，就一个人留在那里不来了。""这个啊……其实也没什么，就是想换个环境，生活需要新气象啊，而且'船帆下'比城市里清静很多，周围几公里以内除了咱们以外一个人也见不着，我就喜欢这种环境。"

"原来是这样。那我也问一个问题吧，相见，你是怎么记住每一次相聚和别离的？""啊？这个问题是不是太宽泛了，给个方向呗。""我感觉你对这条路上的很多地方都有印象，而且你今天在这里也想起了好多往事，所以我才这么问的。""怎么说呢，我对喜欢的人和物都会有比较具体的印象。然后景色这一类相对抽象的，一般情况下我是用听觉或是嗅觉来记忆的，每当我看到熟悉的东西的时候，我的脑子都会由这两种形式反映出来，这样自然就回想起来了。""哥，你的脑子好神奇，你不会是……外星人吧？""你觉得我像吗……"

"好，接下来我们换一种玩法，叫作……"

一段时间后……

"今天大家都累了吧，回去早点休息，明天早上我在大堂等大家。""那，晚安啦涵姐。"相予、船和挥挥手。"嗯，安啦！"相见把饭盒收起来带走了。

电梯里，四人虽然累了，但还是有些意犹未尽。"我知道你们俩没玩够，但是明天还有行程呢，晚上别太折腾了。我得看着你哥，要不然他指不定熬到什么时候去呢。"

船帆把手放在了船和二人的肩膀上。"啊，那好吧。哥，你要听话啊。"相予拉了拉相见。"嘿，合着我找了个妈一起出来玩……"

入夜，相见一反常态倒头就睡，船帆也没说什么话。第二天大家都早早地起来了，在酒店简单吃了顿早餐后，许涵带着大家来到了一个熟悉的地方。

"到了，就是这里。这是你们两组的路线图，拿好了，要好好体验哦。我去给你们买奶茶，你们一出来就能看到我了。""好！"

"这是，"抬起头，四人面面相觑，"菲文路中学？"

八、花蕊上的蝴蝶

"予，咱们走吧，两组路线不一样，就别管他们了。"船和带着相予先走了。"嗯。我看看，咱们要先去操场边上的器材室。""好。"

"还记得吗，有一次我去器材室拿篮球，出去的时候差点撞着你。"相予想起了一些事情。"你好像被门槛绊了一下吧？那时候我正要进去拿东西。""是啊，我还回头看了你一眼。那时候我已经住到这边了，但咱俩还说不上熟悉。就是那时候起，我觉得谁也没有你好看，而且姐姐跟我说过，你是一个很温暖的人，所以此后我就开始偷偷地观察你了。"船和说的这些从来没有对相予讲过。"真的好怀念那时的感觉，悄悄地伸出手，在你看向我的一瞬间又赶忙收回去，生怕你看见。不过，现在你就在我的身边，我随时都能看到你，这才是最幸福的事情，别的都不重要。"

"我看看，下一个地方在四楼末端的那间教室，还注明了后门。予，那是你曾经上课的地方吧？"二人走在明亮的走廊里，开始回忆曾经的生活。"嗯，不过为什么要特意标注后门呢？我一点头绪也没有。"相予实在想不出那里发生过什么事情。"你知道吗，自从那天以后，你在我的脑子里一直都挥之不去，这一点我姐可能告诉过相见，然后有一天上午，我在楼梯口碰到你哥，他拽着我的袖子，想把我拉到你们班后门去见你，当时你应该就坐在门边上吧？""啊？竟然有这么一回事……然后发生什么了？""我们俩在楼道里拉拉扯扯的，被他的班主任看到了，老师说：'你们俩在干什么？'他就捂着嘴溜掉了。""哈哈，原来是这样。不过，你直接来见我就好了嘛，我又不会说什么。""人家害羞嘛，只敢在远处偷偷看你。"说完轻轻捶了一下相予。

"下一个地点是……音乐教室？啊，那是我们合唱团排练的地方。"相予看了看路线图。"嗯，我们去看看吧，不过除了上音乐课以外，我很少来这边。"船和说。"是啊，我也不记得在这边遇见过你。""咦，纸的背面有个提示，楼梯间？"相予无意中将纸翻了个面。"哦，这个我知道！高二那会儿你们有一个拍MV的活动，你们在操场上拍，我就在这里偷偷看。"船和好像想起来了什么，"那时候相见哥和姐姐也在队伍里。""是啊，已经过去好久了呢。虽然一直在这里蹲着很累，但是从那么多人里一眼就看见你的感觉，真的很幸福，感觉一切都是值得的。""那天拍完了以后，我们在回去的路上，我哥和帆姐还在下面打闹来着，你应该也看到了吧？""那当然了。但是那时候我太害羞了，只会在很远的地方看着……""没事，只要你看着我，我就很幸福了啊，而且我知道，我们早晚都会像现在这样紧紧相拥的。""嗯嗯。"

在去下一个地点的途中，相予说："也不知道他们俩怎么样了，我有点好奇他们都去了什么地方。而且你发现了吗，这张路线图上面写的好像都是我们有过交集的地方，这上面的每一个地点我们都有共同的回忆。""学校那么大，应该碰不到他们。不过，你这么一说，好像确实有些道理。那接下来咱们就按照这个路线图继续游览吧。我们已经快到下一个地方了，图书馆就在前面。"

相予上前推了推图书馆的门，门锁上了，不过能明显地感觉到，周围的空气弥漫着书香，与其他地方相比，给人的感觉截然不同。靠在门上，二人稍微休息了一下。"除了有时候会在这里上课以外，平时我好像从来没有来过这里。课间很短，即便是中午也没时间来看书，所以我没有什么关于图书馆的印象。但是，为什么许涵会让我们来这里呢……"相予有些疑惑。"是啊，我们会不会曾经在这里做过什么……啊，我知道了！你还记得咱们很久以前在这里上的那个手工拓展课程吗，我在这里见过你。那个时候我们还不怎么熟悉，但是明明离得那么远，我一眼就看到了你。那时我就觉得，我们之间有一种特别的缘分。""原来今天的我们，在那时就已经被命运安排好了啊。""还有很多这样的事情，以后我慢慢讲给你听吧，我们的日子还长着呢……"

相予的视线停在了路线图的最后一行，"校门口？""啊？我看看。"船和一时想不出那里有什么特别的，"上面还写了什么别的东西吗？""嗯，上面说，'这么短的时间里让你们跑到山里有点不切实际，那就在出发的地方好好看看吧。'"我知道了，是游学那次吧？咱们去了山里，你哥在山上走错路受了伤，还因为这个得了个什么奖，对吧？"船和一瞬间回想起了很多事情。"对，当初咱们就是在这里出发去火车站的。"

"我还记得那天，我问了很多人，终于问到了你在哪个车厢，晚上我就偷偷去找你了。""其实咱俩的铺位离得不远吧？""对啊，而且大家睡觉之前都在一起玩，我也趁机看了你好久，嘿嘿。"

"结束了吗？"船和看起来有些意犹未尽，"我们拥有共同回忆的地方明明有那么多，为什么这上面只写了这几个啊？""可能许涵觉得，一天中如果我们需要游览的地方比较多，心态就会变得草率，自然不能体会到这趟旅行的真正目的了。""这么说也对，那她对咱们还是很了解的。""也许是相见或者帆姐把我们之间的事情告诉过她，所以她知道应该怎么安排路线吧。"

游览顺利结束，许涵却没有出现在校门口，也没看见船帆和相见的身影，二人就坐在校门口的假山旁，继续回忆往事。"高三那年啊……我有一段时间不在学校，这算不上什么回忆吧，而且对你来说也是一段痛苦的经历。"相予在一年前因为一些事情离开了几个月，回来以后怕刺激到船和，一直没有提起过此事。"才不是呢，你现在就在我的身边啊，这就够了，区区几个月又算得了什么呢？而且那段日子能让我们更珍惜彼此，也不全是坏事。""嗯，我以后一定好好陪着你，再也不会消失了。""你知道吗，你到家的那一刻，任何词语都无法表达我的幸福。一切的煎熬与等待都是值得的，那时我只有这个感觉。"

"其实，在那之前，我好像就对你有了一种特殊的感情，但是说不清。想不想听听我的回忆？""好啊，你说吧。"船和靠着相予，缓缓地说："高三那年，开学第一天，我们在礼堂开年级大会，我坐在靠近门口的位子上，你和你的同学从我左侧走进来。我不敢叫你，害怕打扰到你，就这样看着你走过去。你们看了好久，终于找到了自己的座位。那时我多希望你能看我一眼啊，哪怕只有一点点的目光我就知足了，但是，并没有。因为这件事我失落了很久。你从家里消失了几天后，我觉得不对劲，就拜托我姐打听关于你的事情，可是她一直没有给我回复；你哥天天把自己关在房间里，我也没机会问他。你就好像凭空消失了一样，我到处寻找你的身影，却一无所获。"

"后来学校组织了一次上机考试，你突然回来了，我听到这个消息以后，连水都没接完就跑到你们班去了，开水溅到手上也没觉得烫，心里只有一个念头：'快点过去，去晚了他就消失了，再也见不到了。'

"排队的人把楼道挤得满满当当。我在人群中艰难地辨认着，喜欢的人的轮廓总是很清晰。我很快就看到你了，你离我好近，但我就是没有勇气去拍你一下，叫你一声。

"你知不知道那段时间我找你找得有多苦……"船和抱着相予小声哭了起来，"我一点也不想知道你为什么突然消失，我只想把你留在我身边，不许你再离开我……""好，我不走了，我就这样陪在你身边。""那说好了，往后余生，你每天都要陪我看星星。""嗯，我答应你。"

"虽然很喜欢那时懵懵懂懂的感觉，但是现在我们长大了啊，可以自由表达心意，也有更多的时间在一起了。"

"曾无数次许愿快点长大，现在实现了，却感觉，大人的世界也没有那么精彩。"

"不过，我们有了无数的时间来陪伴对方，也明白了这种特殊的感情叫作依恋。"

"平淡而悠长的日子啊，也许，生活就应该是这样吧。"

九、流动的音乐与时光

另一边。

"咱们也开始吧,"相见拿着路线图看了看,"上面让咱们先去音乐教室。""嗯,咱们去四层。"

"就是这里,好怀念啊。"站在教室门口,相见轻轻地说。"是啊,我还记得我当时是坐在这里的。"船帆说完就坐在靠门的一把椅子上。"我应该是在最后一排的中间那里。"相见稍微看了一下排好的椅子,也很快认出了自己曾经的座位。"这么看咱们隔得好远。""是啊,但是每次老师点我名的时候就你笑得最开心。""谁让你在排练的时候走神了……"

"你还记得,咱们之间的距离最近的那次排练吗?"相见环顾四周,渐渐回想起了很多曾发生在这里的事情。"当然了,你说的是新年晚会彩排那次吧?咱们排队去礼堂,你就走在我旁边。哎呀,说起这个,那时候咱们就已经很熟悉了,你看到我了竟然都没有理我。我知道你没有那么外向,但不至于连招呼都不打吧?除了不成熟以外,我觉得没有其他的词汇可以描述你的状态了。那时每次彩排结束以后,你都会去便利店加餐,你也不叫上我,真是的。""那时候我不懂这些嘛,只是觉得,呃,有些不好意思?所以我就……""哦，如果是这样的话，我终于知道为什么咱们后来有几个月关系变得很差了。不过关系不大，结果好则一切都好，这叫'大人不记小人过'，你得好好珍惜。""那是当然，不过，我觉得我在这几年中也成长了不少，也没别的愿望，就希望以后不再犯这些错误吧。对了，你记得我弹过什么曲子吗？"相见走到钢琴前面，打开了琴盖。"当然了，两年歌咏比赛中你都是伴奏，除了校歌，你们班两次比赛用的是同一首曲子，对吧？想记不住都难。""是啊。你还记得我们合唱团唱过的曲子吗？我想弹一首我印象最深刻的，你要不要跟着唱几句？""那好，我试试吧。"相见简单熟悉了一下琴键，船帆好久没唱歌了，也简单开了开嗓子。

"我准备好了，开始吧。""好。"伴奏的旋律缓缓地响了起来。"《送别》？你是什么时候学会弹这个的？""这首曲子不难。"伴随着起伏的旋律，船帆唱了起来：

长亭外

古道边

芳草碧连天

问君此去几时来

来时莫徘徊

……

"嗯，就好像上次唱这首歌的感觉。原来你会这么多曲子，你们家那个老琴还能用吧？回去以后赶快把它搬到'船帆下'来，我一有空就去听你弹琴。咱们'船帆下'也算是出了一位大音乐家了！""可别，我的技术也就是自娱自乐的程度。""那有什么关系，喜欢不就好了……"

"我看看，下一站是……四楼第一间教室。""我们班？那有什么好看的。"船帆想了想，却没有什么思路。"我倒是有点印象，当年咱们学校举办过一个新年跨校送礼物的活动，后来咱俩一起去统计的，这个你有印象吗？""啊，我想起来了。切，你都不跟我说话。""那时候胆小嘛，怕跟你说话太直接了，你会讨厌我。""那现在呢？"船帆歪着头看着他。"好好好，知道了，下次直接拉你头发。""哼！"

"然后是，嗯？校门口？""啊？"船帆凑过来，"上面说是游学的出发地。""是啊，不过游学也是很久以前的事情了。"

"说起游学，我觉得还是很有意思的，特别是'山路越野'那个环节。"相见的嘴角微微上扬。"唉，那天下雨，我全身都湿了。而且从那个活动开始，我就对你的认路能力有了心理阴影。就因为你太自负，导致半个年级的人都跟着你走错路了。""不怪我啊，我看地图上岔道口那条路就是靠左边的，正好左边也有条路，我就上去了。""那条路都没开发过，你看不出来吗？""我那时哪知道这些……我跟你说，活动开始以后，咱们小组走在了最前面，碰到的那个岔路口，一条路往上，一条路往下，咱们也确实讨论过走哪条，但最后还是听我的了。没办法，个人魅力嘛。""切。""我选的是那条上山的路，但是当时怎么也没想到走错了。后面的队伍也跟着我们上去了，也没发现什么异常。路上有很多横七竖八的树枝和杂草，我还说场景做得挺真。好不容易走到头了，却发现要去的村庄在山下。带队老师站在山下仰着头，一脸不可思议地看着我们，可能想象不出来怎么会走错路吧。"

"嗯，跟前天晚上一样，看着导航走错路。这个你倒是一点也没变。"

"我也不想嘛。那会儿我能想到两种办法下山，一种是原路返回，另一种是依靠我们随身携带的救护绳，把它绑在树上，从一个巨大的斜坡上爬下去。当时我和咱们那个队长先下去了。那个坡中间有两个稍稍平坦的地方，我们俩站在平台上，一个一个往下拉人。大多数人都平安下山了，但最后收绳子的时候我需要先解绑再下去，一开始很顺利，但是到了最后一个坡，唉，我错估了它的高度，没站稳滑下去了。起来的时候手破了，全身上下都是泥水。"

"是，之后你去村子里烤衣服，当然我也没能幸免，但至少我身上的都是雨水没有泥。晚上的总结会上，咱们队长发言的时候还说起这事来着，夸了你好久，可真给你面子。"船帆也露出了一抹微笑。这件事虽然可能并不值得夸耀，但是经历的时候真的很快乐。"少来，幸亏最后没什么大碍，还因此得了个优秀队员奖，哼哼，想想就高兴。""切！"二人都笑了起来，仿佛回到了当初那段无忧无虑的快乐时光。

"最后一站，啊，是我们班。"相见看了看路线图，上面写着自己的班级。"这个是咱们一起上兴趣课的地方。"当年，各科老师根据学生的兴趣开发了几门学科知识拓展课程，船帆和相见正好选择了同一门，一起在这里上课。"那时候我的成绩在咱们那个班总是数一数二的，之后就不行了。"相见想起了他的光荣经历。"是，你天天上课不听讲，抱着练习册做题，我还得谢谢你为我排除了一种错误的学习方法。"船帆又笑了。

空旷的教学楼里，只有二人的脚步声，谁也不知道应该说什么，似乎，思维只活跃在这张路线图上，离开了它，就难以接触碰撞。

虽然已经适应了"船帆下"的生活，但是相见和船帆之间依然隔着什么东西，阻隔着两颗跳动的炽热的心。虽然很微弱，但就是难以打破，就这样一直隔在二人之间。

走廊的尽头是楼梯间，船帆停下了脚步，相见也跟着停了下来。"我能不能问一个问题？"船帆在楼梯最上面的一级坐下了。

"你说。"

"我们，到底是怎么了？"

相见想了想，说："那时咱们都还小，不会表达，也不明白自己真正想要什么。明明住在一起，却彼此孤立，几乎没有一起吃过饭，一起出去玩，一起看电影，一起买东西。我知道我那时很不成熟，走在一起不敢跟你搭话，在街上偶遇不敢跟你打招呼……也知道和我一起上下学，一起排练，甚至在同一所房子里一起生活，对于你来说很不公平，让你很失望，干脆……""你逃避了。"船帆的声音没有太大波动。"可以这么说吧。之后我有了新的朋友，收获了新的友情。但是每当我以为缘分已到时，现实却总是告诉我：不合适，性格、爱好、生活方式、交际圈……""你总是这么考虑友情吗？"船帆轻轻打断了他。"嗯。虽然最后的结果往往是戛然而止，却给我留下了很多。最后，我也终于明白了，什么是我真正需要的。"

"所以，你会和你喜欢的朋友一起出去玩，一起看电影，一起买东西，过生日一起吃长寿面，难受的时候你会立刻出现在她身边吗？"船帆转头看着相见。

"会。"

"这就是你和朋友或是别的什么人的全部相处方式？"

"也许吧。"

"但是生活远远不止这些啊，有风雨，也有晴天；有枯黄的叶子，也有百花齐放的花园。虽然对于我们来说，可能只是一碗白开水而已。"

"那就把它变成风花雪月的样子就好了。现在，我有了新的生活，也有了大家，拥有了很多以前没有的东西，也成

长了很多。其实，你的想法我是知道的。但是，我觉得有愧
于你，就一直没有跟你谈这些……"

"原来你没有那么傻……我以为你到现在都没有明白。
那，以后咱们要怎么办呢？"船帆叹了口气。

"咱们不是都已经适应'船帆下'了吗？"

"看起来，你真的明白了。你是在说，你开始正式面对
咱们之间的关系，我也熟悉有你的生活了吧？"

"那就一直这么走下去吧？"

"好呀。"

十、第二次闪耀

他们靠在了一起，很久没有分开。无论以前存在过什么样的误会或是隔阂，这一刻也都烟消云散了。有时说不清的感情，在经过岁月和生活的磨炼后，也会变得豁然开朗。虽然相见怀念的是过去的时光，但如果只是停留在那时，他的生活也不会像现在这样丰富多彩。

生活就是这样，带走了很多我们珍惜的东西，又会带来一些新气象，填补空白。也只有这样，我们才会不断前进。只是执着于错过的事情，终将一无所有。

"坏了，我们是不是还有一个地方要去啊，但是现在好像有点来不及了，他们俩应该已经出来了吧？""我觉得没有那个必要了，"相见慢慢站起来，"因为我们已经达到这趟旅程的目的了。""想得一样。""那就去找他们俩吧。"相见把船帆扶起来。"以后你也要陪我看星星，还要给我弹琴，就这样一直走下去。""嗯，我答应你。"

许涵提着奶茶站在校门口往里面张望，"和妹妹，相予弟弟，我来了！""涵姐！""没想到你们俩这么快就出来了，他们俩呢？"

"我们来了！"五人又一次聚在了一起。"几位，感觉如何？"许涵把奶茶递给了他们。"我觉得很有意思，也很有意义。哥，你觉得呢？"相予说。"嗯，我们也觉得很开心。"
相见说。"大家开心就好，说明我这么安排是正确的。接下
来的时间大家就自由活动吧，这里虽然比不上商业圈，但是
有很多值得去看的地方哦。而且，据说今天晚上能在这里看
到流星雨，如果你们有兴趣的话可以看一看。""好。"

"我们去拍照吧。"相予、船和去了他们曾经一起去过的
地方。"那咱俩呢？"船帆看看相见。"我觉得咱们应该回去
休息休息，晚上还要熬夜呢。""也是，咱们没他们那样年轻
了。"船帆转头看了看渐行渐远的相予、船和。"就差一岁，
没有这么夸张吧……"

几个小时后。"几点了……"船帆醒了，又闭上了眼睛。"天
还没黑。"相见拉开了一点窗帘。"那我接着睡，吃晚饭叫我。
哦，记得把灯关了。"船帆把头埋进了枕头。相见回到床上，
挑选之前拍的照片去冲印。

"玩得开心吗？"许涵给相见发了一条短信。"我们都挺
开心的，特别是今天的活动，谢谢你啦。""那就好。那，你
呢，你觉得满意吗？""我？当然了，我觉得无可挑剔。"

"相见，你会想念那段日子吗？"

"我会永远记得。"

"你知道吗，我……虽然不知道为什么变成了现在这个
样子，但是，你对我很重要，他们对我也是。"

"所以，你把我们约出来，就是为了让我们回忆起这些

事情吗？"

"并不是。只是因为大家一起玩会比较开心。"

"好吧，谢谢你啦，陪我们玩了这么久。大家真的很投入，船帆连爬山都不怎么累，现在却已经睡着了。你让我们想起了我们的初心，也让我们明白了一直在追求的东西。如果没有你，我们四个根本就不可能做到。"

"不用这么客气，这趟旅程我也很开心啊，大家很喜欢我，把我当成家人一样。我决定了，以后要和你们在一起生活，而且永远都不离开'船帆下'。"

"很高兴我们能给你这样的感觉。"

"谢谢你们的陪伴，见到你们之后，我真的好幸福。"

相见并不想问她的过去，虽然短短的几年中足以发生无数的事情。他心里明白，今天他们回忆起的事，有很多是许涵不可能知道的，这又是一个异常之处。不过在这一刻，他们都沉浸在了幸福和满足之中，每个人都被无限的美好与满足包围着，这个问题就留着以后再想吧。

"嗯，谢谢你，遇见你们真好。"

……

"这流星也是，前段时间不是刚来过一次吗，今天又来，它怎么来得这么勤……"相见睡得正香的时候被船帆摇醒。他坐起来迷迷糊糊地穿好衣服，"帆，咱们准备出发吧，不过望远镜昨天被相予拿走了。""没事，用肉眼看效果应该差不多。天已经擦黑了，咱们得快点，他们这么积极，咱们也不能落后！"相见拽着船帆往外走。"好，我们出发。"

"予，好漂亮哦。""是啊。你要不要许个愿？""那是当然。"

"你快点。""我爬不动了，怎么上天台要爬这么多层楼梯……""那我就要用点特殊手段了。"船帆说完掐了一下相见的大腿。"哎哟！""你看，这不就跑起来了？""你轻点！真是的……"

"可算爬上来了，快许愿。不对啊，流星怎么没了？你是不是许了一个特别离谱的愿望，流星飞回去了，老实交代！""才没有！"

二人坐在地上，眼前只有平静的夜空。就在几分钟前，流星悄悄地划过，菲文路中学的窗户倒映出了它越来越暗淡的光芒。在最为眷恋的地方看到这样的景象，也算是别有一番浪漫了。

这样有一点期待，又有一点遗憾的感觉，或许叫作执念吧？相见觉得，这个问题可能永远都不会有一个确切的答案。

十一、花瓣纷飞，终为花土

"每个人都是一朵花，在一片大花园里成长，开出各式各样的花朵。待到完全绽放之时，花瓣会被风吹至各地。它们可以欣赏沿途的风景，也可以去任何想要去的地方。有的会留下来，将自己变成新花朵的养分，永远留在这里。启程前夭折也好，旅途中坠落也罢，它们最终都将逝去，不留下一点点味道与痕迹。"

"哇，这个节目好好听哦。"船和靠着相予打起了瞌睡。"那是，我挑广播的品位可是独一无二的。"相见一高兴，车速不知不觉增加了不少。

"你专心开车，千万别超速。"船帆说完又睡着了。

"大家都累了，回去好好休息吧。"许涵喝了一口奶茶。

"这次真是麻烦你了，带着我们四个人到处跑。""没事，只要你们开心我就满足了。""嗯。总之谢谢你。""也要谢谢你们。"

……

"我们到了，大懒虫醒醒。"相见转身轻轻地拍了一下船帆。"啊，到了吗？叫你家予过来帮我拿行李。""他们都上楼了，我给你拿吧。""嗯。"

几天后。

"你们最近有没有许涵的消息？"某天四人在楼下吃饭的时候，船帆问大家。"她应该去别的地方旅游了吧？最近她给我哥寄了明信片，是她在探源寺照的。"相予想起了相见收到过许涵寄来的东西，"不过，帆姐为什么突然关心起她来了？""没事，我就随口一问，即便是在'船帆下'，也需要有自己的生活嘛。哎呀，那三楼断电了没有，夏天失火可是很要命的。""一会儿问问她吧。"

"嘿嘿，对不起啦，忘了断了，麻烦帮我拉一下闸，谢谢啦。"许涵在给船帆发的一段视频中这样说，视频背景是海滩和大海。"没事，我这就上楼替你断一下。"船帆用短信回复她。

"姐姐，房子现在应该能说得上是租出去了吧，那我们是不是能收一些租金减轻生活负担了啊？""对哦，我才想起来这个问题。不过，现在的生活不需要多少花销，而且她给我们所有人带来了一次几近完美的回忆之旅，我们得到的东西是金钱买不来的，所以租金就算了。而且，我相信楼上的那两位也是这么想的吧。""嗯，我听姐姐的。"

晚上，相见刚要关灯，相予走了过来，"哥，那个许涵到底是谁，这几天又是怎么回事啊？"

"她啊，并不是什么奇怪的人。只是她这朵花舍不得离开花海。"

"啊？什么意思？"

"还记得咱们在路上听的那个节目吗……我困了，你也早点睡。"

翻了个身，相见自言自语："如果有一天我迷失了方向，花的香气也会指引我回来的。"

"人嘛，从哪里来，就要回到哪里去。而且，最终是一定要回去的。为了自己，也为了天上见证着一切的浩瀚星河。"

相见的梦里，无数的光芒汇成一片星的洪流，向着他执念最深的地方涌去。

花起，花飞，花落。

一朵鲜艳的花，与星辰融为一体，将永远在那里成长、绽放，且永不凋谢。

3

第三章

我们的成人礼

一、大暑的来客

那次旅行后，大家打破了彼此间的隔阂，关系变得更加亲近了，船和也慢慢理解了姐姐那句话的含义。

有一天，船帆收到了许涵的短信："帆姐，我挺好的，放心吧。我想在海边玩个痛快，过几天就回去，到时候给你们带贝壳当纪念品哦！"

大家在"船帆下"的日子很是悠闲，只是这样炎热的天气有些难以忍受。相见刚从镇子上淘换回来的五手空调，制冷效果就跟没装一样，不过在船帆的暴力"调整"之下，屋里总算凉快了下来。相见觉得，这样的天气依靠冷饮就能扛过去，所以二楼依然闷热。

即使天气如此炎热，出去走一走还是有必要的。船帆立志不做相见那样的懒虫，所以经常趁着凉快出去散散步。

"和，和……空调、凉水，快点……"船帆跟跟跄跄地从外面爬进屋，有气无力地说。"来了来了，呀，姐，你这是怎么了？"船和端着水走出来，看见船帆正卧在地上。

"我没事，"船帆稍稍歇了一下，总算缓过来了，"刚才觉得没有多热，就出去走了走，在树底下小坐了一会儿，没想到就这样了。""哎呀，这种天气就别出去了嘛。今天是'大暑'节气哦，虽然不是最热的一天，但也让人很不舒服。""唉，我看以后就晚上出去活动吧，正好楼上那俩懒虫早上起不来，都给我出来运动！"

楼上。"予，我不行了，我快熟了……你替我去趟镇上，买点雪糕……实在不行我也弄个空调去……"相见四仰八叉地晾在客厅的地上。"哥……你不是说……咱们不装空调也没事……"相予也热得快受不了了。

"嚯，你们屋里的温度别说跟帆姐那儿比了，简直比外面还热。"门突然被打开了，带来了一丝丝凉意。是许涵回来了。

"你们俩还能不能爬起来？我屋里有空调，去我那儿凉快凉快。"二人勉强爬了起来，到了三楼。

"舒服多了，谢谢涵姐，你要是再不回来，我们俩就被热晕了。"喝了几口凉水，吹了一会儿凉风，相予缓过来了。"这有什么的。来，这是我在海边给你们俩买的纪念品。"

是两个一模一样的海螺钥匙扣。

"这几天这么热，你们怎么不开空调啊？室内都快比汗蒸房热了。""我哥说省电……"许涵笑了，"你可真行，为了省这点电，你们要是热出病来，损失不是更大？"

"嘭！"上方传来一声巨响。

"楼上……应该没住人吧？"许涵疑惑地看了看楼上。"是啊，不会是闹鬼了吧？"相予想起了许涵刚搬来的时候相见跟他说过的话。相见也抬头看了看天花板，"不像，许涵来的那天晚上我也听见楼上有异常的声音，以为是闹鬼，但是和这次相比声音没有这么大。我觉得应该是搬来新住户了吧？""啊？那是谁搬进来了？""想那么多干什么，咱们上去看看不就知道了？"相见站起身。"也是。"二人跟着他往外走。

"哎哟！"船帆也被这个声音吓了一跳，手中的茶杯没拿稳，险些掉到地上。"姐姐，这是什么声音啊？"船和从房间里跑出来。"不知道，应该是相见他们又整出什么幺蛾子了。走，咱们上去看看。""嗯。"

在四楼门口，相见三人面面相觑：地面不再像相见刚搬进来的时候那样灰尘遍布，大门也由新的木门代替，还贴了不少装饰。看样子，这一户搬来应该有段时间了，可是他们谁也没有注意到。

"啊？你们几个也在啊？"船帆二人也上来了，几人简单把情况说了一下。船和简单看了看，"不好说具体什么时候搬来的，不过，我有点好奇里面住的什么人。""这也算问题？敲敲门不就知道了。"相见说。"好主意，你去吧。"船帆把他推到了大门前面。"别，'船帆下'是你的，应该你去。""行，那就由我这个'家主'来吧。"

"来了，请稍等。"一个柔弱女生的声音从门中透出来。"是个女生呀。"船和小声说。许涵很好奇。"一共几个人啊，来之前怎么不说一声……"船帆有些不高兴。相见、相予在想，以后要如何与新人相处。

门开了，五个人立刻挤到了门口，船帆更是好奇地堵在最前面，要看看里面的人是谁。一个比船帆稍矮的少女幽幽地出现在大家面前，吓了相见一跳。

"大家好，我，我是最近才搬进来的，来之前我，我……""妹妹，你别紧张，慢慢说。"船帆笑着说。"真是抱歉……大家进来吧。""啊，好吧，那我们就不客气了。"

屋内格局与楼下三层无异，只是布置得稍稍简陋了一些。房间的门都关着，角落里堆着很多箱子，用不知名的布料蒙着。客厅里只有一张大桌子和六把椅子，除此之外没有别的什么家具了。桌子上有六个水杯，没有桌布，其他地方什么也没有。

"那个……我是前几天搬进来的，搬之前我在一楼的信箱里给房主写了封信，但是没有回应，我就……自己搬进来了，在这里住的也只有我一个人。"她还是很紧张，"如果不方便的话，我，我马上搬走……""没有没有，不会不方便的。你的信我们没有看见，因为我们不常看信箱，一会儿下楼的时候我立刻去取。你就踏踏实实在这儿住下吧，有什么需要可以随时跟我们说。"船帆说。

"啊，那真是给你们添麻烦了。""没事的姐姐，来到这里大家就是一家人，不用那么拘谨。"船和说。"是啊。这位是这里的主人，她叫船帆，我们一般叫她帆姐，这位是船帆的妹妹船和，这个小帅哥是船和的恋人相予，这个大个子是相予的哥哥相见，我叫许涵。那，妹妹怎么称呼？"许涵笑着逐一介绍。

"我……我叫相卉……"

五人不约而同："啊？"

相卉是与相予、船和同一级的，比相见三人小一岁，船帆五人对相卉多少都有些印象，因为相卉和相见都在合唱团里，而且他们走得很近，经常被团里的同学八卦。

令相见惊讶的是，眼前这个人和记忆中的相卉，差距也太大了。而且，又回到了那个问题：她是怎么找到这么偏僻的"船帆下"的？相见心头无数的疑问又浮现了出来，大家的对话也没有好好听。

二、暴风雨

"这，不合适吧……""客气什么，明天晚上一定要来哦！"许涵说，"请留步。"

门关上了，几人站在楼梯上发愣。"什么情况？""怎么回事？""我不知道啊……"大家一起来到一楼，打开船帆的信箱，果然有一封署名为"相卉"的信。内容大概就是询问屋子的主人能不能住进来什么的，有一段简单的自我介绍。相见注意到这样一句话："我通晓占卜，可能会对大家有些帮助。""原来她会占卜啊？"船和说。

临走的时候，船帆邀请相卉明天晚上到一楼一起吃饭。相见觉得，这种做法就像许涵刚到这里一样，五人需要对新人有初步的了解。

"相见，你等等，我有事要跟你说。"船帆二人回去了，三人停在了二楼相见家门口。"行。予，你先回去，我们谈点事。""好。"

"相见，你对那个人……呃，什么感觉？"许涵问得比较模糊。"人很陌生，名字倒是很熟悉。""会不会只是她的变化太大了？""不像，她和我们认识的相卉可能只是重名而已。"

"这些问题的答案明天就会知道了，不过这段时间帆姐可能会考虑很多事情，所以我来提醒你一下，无论你们俩之间曾经有过什么，现在都已经过去了，她对于我们每个人来说都是陌生人，不要贸然行动。还有，如果出了什么事，你一定要保护好船帆。""嗯，谢谢提醒。不过，应该不会出什么意外吧……"

"啊，真是的。这一天过得莫名其妙的。"把自己闷在房间里，相见的大脑彻底拉闸了。"哥，记得喝水！""知道了。予，帆姐说没说晚上什么时候吃饭啊，我正好找你帆姐拿些雪糕。"

没有人回应。

相见忽然想起了那个奇怪的梦，被困在老房子里，不知道具体时间，也出不去，只是把所有的记忆物件找齐就回到了那个黑色的空间，然后，然后……

"然后，我不就又回来了吗？"他又来到了那个地方。

还是那个很有辨识度的声音："很好，你没有让我失望。"

"我连满足你的希望都做不到，谈何失望？"经历的奇异事件越来越多，思路也越来越混乱，他有点想放弃了，"干脆就这样过下去算了"。他想不通自己正在经历什么，也不知道那个东西想让他做什么。

"'船帆下'是个好地方，对吧？"那个声音在耳边回荡，相见有些头疼。"是的，大家都很开心。"它怎么会连这里的名字都知道？难道，它一直在监视着这里？

"如果未来的事情毫无头绪，那就在过去追寻吧。"这是相见醒来前的最后一点记忆。

"见，见，你怎么样？""帆，我这是……"

在船帆家的沙发上醒来，相见的额头、手上、腿上都放着冰袋。他刚要说什么，船帆立刻把一根吸管递到他的嘴边，"你中暑了，先别动，喝点盐水补补，一会儿再起来。"

"相见哥，你怎么样了，予都急坏了。"是船和的声音。他依稀想起，昏迷之前自己应该是坐在自己的房间里，之后就什么都不知道了。不过，自己又去了那个神秘地方的事情，记忆还是很清晰的。

"你得好好谢谢许涵。人家听到二楼有动静，就赶快下去帮你弟弟给你抬下来，现在他们俩正装空调呢。这么大人了还不会照顾自己……"船帆坐在他身边。"唉，我也没想到中暑的症状会这么严重。不过，咱们明天晚上要六个人一起吃饭，需要我准备什么吗？""你啊，赶紧养好身体就行了。""唉……"

一天很快就过去了。饭桌上，五人看着紧张的相卉慢吞吞地夹菜，又低下头，迅速把碗里的菜吃得干干净净。

"相卉妹妹，慢慢吃，别着急。"许涵微笑着对她说。"啊，啊，好……""还是太紧张了啊……"

吃完饭，天已经黑下来了。"不早了，我和帆姐来收拾，大家去休息一下吧。"许涵说着站了起来。"那个……""怎么了,卉卉妹妹?"许涵看着她。"我想……为大家占卜一下,就当是简单的见面礼吧。"

大家七手八脚地把盘子挪开,相卉不知从哪掏出来一盒纸牌,摆在了桌子上。"是塔罗牌吗?"船和小声问相予。"不像,应该是她自己做的。""哇,要用自创的方法占卜吗?真厉害。""是啊。"

一通操作后,相卉抽出了三张牌,扣过来摆在船帆的面前。"那个,帆姐,请选一张吧。""我吗?好,你占卜的是什么事情啊?""是这里近期的状况。""所以要由我这个'家主'来吗?好,那我选这张。"船帆随便拿起了一张。

相卉的脸色不太好看。"怎么了?"许涵问她,"……不太好。""相卉,我抽出的这张牌代表什么意思呢?""意思是,这里即将迎来一次灾难,看情况应该是极端天气吧。""那大概什么时候,我们好提前做准备,加固一下门窗什么的。"许涵说。

"我看看……"相卉自己选了一张。翻开牌,她说:"就在今天。"

"就剩几个小时了,帆姐,怎么办?"许涵看向船帆。相见看了看窗外,"我觉得不太可能,你们看,现在还能看到星星和月亮,至少不会下雨,对吧?"

相见话音未落,窗外突然响起一声闷雷,没过几秒,天上下起了瓢泼大雨。屋内瞬间安静了下来，大家面面相觑，不久，目光汇集在了相见身上，又不约而同地转移到了相卉身上。

船帆见气氛不对，赶忙说："相卉，这场暴雨如果就是那个'灾难'的话，你能不能算出来它会在什么时候结束呢？"相卉翻开第三张牌，"呃，会持续一段时间，不过不会太久。"

"那，这里在暴雨之后的情况呢？""帆姐，你来选一张吧。"

……

"放心吧，这里会平安无事的。"

三、命运的安排

暴雨没有停歇的意思，大家谁也没有离开。

窗外忽明忽暗，相见拉上了窗帘，可还是能看到闪电苍白的颜色。屋内，柔和的灯光照在六人的脸上，但是气氛有点紧张。

"大家这是怎么了？夏天下场暴雨，不是很正常的事情吗？有什么可慌的。"相见首先打破了沉默。

"各位，咱们不如行动起来。这样吧，许涵，你把车钥匙给相见，相见去把你们俩的车挪到高一点的地方，别让水淹了。我一会儿去楼顶查看排水情况。许涵，你带着相卉把各层的窗户都关上，相卉正好熟悉一下这里。相予、船和，你们俩就在这里等着，哪需要帮忙就去哪。"船帆穿上了雨衣，"行动吧，之后回到这里，今天晚上大家聚在一起比较踏实。""嗯，我这就去。"相见出去了。"注意安……"船帆还没说完，相见就消失在了她的视野里。

把许涵的车开到了山坡上，相见赶快跑回来，试着抢救自己的小车。但是，发动机又出了问题，一直发动不起来。就在这时，忽然传来的巨大声浪打断了他的动作。抬起头，远处的道路已经被一道黑色的水流截断，洪水夹杂着树木的残骸在林间不断冲撞着，借着暴雨的力气涌向尚未被侵蚀的地方。突然，它好像看到了猎物一般，转而向"船帆下"的方向冲了过来。

意识到危险的时候，相见的小车离洪水已经不足百米了。他匆匆忙忙地下车，又好像想起了什么，跑回去摸出来一样东西，再想跑，脚却陷在了泥地里。正在他动弹不得的时候，只见一棵大树被抛上了天空，以极快的速度向他飞来……

船帆很快就到了楼顶。排水口一切正常，确认了一下积水不会影响到楼下，便下去了。到了一楼，她把雨衣晾在门口，走到客厅的窗户前，静静地看着大雨和黑洞一样的天空。

许涵带着相卉走遍了整栋小楼中的每个房间。"呃……二楼是相见的家，我们就这样进去，不好吧？"相卉看见许涵直接推开了门。"没事的，大家住在这里都是一家人。看吧，门没锁，进来吧，咱们把窗户关上就走，别动其他的东西就好。""啊，那好吧。"相卉跟着走了进来。"你去相见那屋看看，我来关客厅的窗户。""相见……住在哪里？""啊，那个关着门的房间就是。""走吧，我们去三楼，正好带你参观一下我住的地方。""嗯。"

"涵姐，你对他们好熟悉。""妹妹，你很快也会熟悉起来的。"

"大家已经把该做的事情做完了，你们俩收拾收拾准备睡觉吧，明天起床了天气就放晴了哦。"许涵摸了摸船和的头，又小声对她说，"记得关心关心你姐，碰到这种事她的心里会紧张的。还有，今晚大家都提心吊胆的，你们俩照顾着点相卉，其他的事情明天再说。"船和点了点头。

许涵倒了杯水走到了船帆身边，船帆正出神地看着窗外。"帆姐辛苦了，来喝杯水吧。""我……不想喝。"声音很小。许涵觉得有些不对劲，便贴着她的耳朵问："姐，怎么了？"

"见还没回来。"

……

"哎哟！"相见只觉得一阵腰疼，感觉自己躺在地上，但是细细一想，那棵树本应从身上砸下来，疼的应该是肚子才对。他艰难地爬起来环顾四周，看到了方形边缘的点点光亮：看起来我又回来了。

还是那个黑色的大殿。相见竖着耳朵寻找那个黑暗冰冷的声音，但是什么也没听见。不如，这次试试先发制人？

"是你救了我吗？"他对着空气说。回答他的只有一片沉寂。

"说实话，我这辈子还没见过做了好事不敢承认的。"

"不是我，是你救了你自己。"那个冰冷而熟悉的声音终于响了起来。

"我？有意思，我都不知道我是怎么救的自己。"

"算了，先不聊这些无关紧要的。你见到相卉了？"

"嗯。嗯？这个你不是应该知道吗？"

"为什么？"

"因为你知道在'船帆下'都发生了什么，也就是说，你有监控我的能力，所以，你应该知道这些事。"

"不错，正是如此。"

"那你叫我过来干什么，我的命是我自己救的，这可是你说的，也就是说，我能活着站在这里，跟你关系并不大。"

"因为我想提醒你……"

"提醒什么？"

"……好好享受，这个夏天吧。"

"什么意思……"眼前的光突然消失了，相见对着"它"说了什么，却没有听见自己说话的声音。身体止不住地下落，头一阵眩晕，就好像自己在空中翻了几个跟头。耳边逐渐出现了雨声，又感觉小腹一阵疼痛，身体逐渐冰冷。他有点慌了，手开始乱抓，好不容易抓到了什么，却在这时失去了意识。

此时在屋里。"什么，他还没回来？他停车的地方看上去已经被淹了。"许涵看了看窗外。"是啊，希望他能平安回来。我想好好看看他，再跟他说说话……""那，现在能和外面取得联系吗？如果能联系上救援队，没准很快就能找到相见。"许涵搬来了一把椅子，坐在船帆旁边。船帆摇摇头，"信号断了，联系不上。而且现在通向外面的路已经被水冲垮了，即使能联系上救援队，他们也不一定能进来。加上外面不知什么时候就能把这里吞噬的洪水……唉。"

许涵站了起来，"这样吧，我出去找找，没准他就在附近，只是因为风雨太大能见度不高迷路了，也说不定。""啊？这太危险了，不行，你不能去。""没事，顺利的话，我过一会儿就能把他带回来了，你就在这里看着他们吧，千万别让他们跑出去。你也别出去，有你在他们才能安心。放心吧，我一会儿就回来。"

"许涵，你别……"话音未落，许涵已经出去了。

"姐，要不要我陪你坐一会儿？"船和走到了她的身后，拍拍她的肩膀。"不用，你去休息吧。这里的事情我和许涵来处理，不需要你们操心。还有，我现在需要盯着洪水有点顾不过来，你帮我看着点，一定让相予、相卉安心睡下，其他的事情等天亮了再考虑。如果趴在桌子上不舒服，你就带他们到我屋里去睡。""知道了，我这就去。"

已经快到天亮的时间了，许涵和相见还是没有回来。

"为什么，这里明明是我的地方，我却连相见都保护不了，现在许涵出去了也没回来……"三人趴在桌子上睡着了，许涵不知道在哪。至少现在，除了窗外的大雨，她的问题没有任何回应。

四、雨中闲谈

船帆已经失去了平日的镇静，只是呆坐在窗前，看着吞噬了一切的暴雨。

过了一会儿，许涵回来了，这让她小小地放松了一下。只不过她除了淋了一身雨，走了一脚泥以外毫无收获。相见和他的小车都失踪了，许涵的车静静地趴在后面的山坡上，除此之外没有看到别的。船帆让她先回去洗个澡休息休息，自己依然独自坐在窗前。

这是什么感觉？只是因为一个朋友的失踪吗？远远不止。无论是相见还是许涵，他们是朋友，是亲人，是最重要的人。许涵带他们去城里玩的那几天，他们每个人都收获了在"船帆下"不可能明白的东西，可以说她的到来打破了他们之间存在了很久的隔阂，在所有人的眼中，许涵已经成了他们之中的一员。这突如其来的电闪雷鸣、莫名其妙的瓢泼大雨、凶猛的洪水，加上相见的失踪，让她的心情难以平静。

"你得睡一会儿了，要不然身体撑不住。"许涵回来了，轻轻拍了拍她。"你去睡吧，我还不困。""还在担心相见吗？""嗯。""放心吧，他命大着呢。我跟你说啊，他上学那会，有一次没准备就参加了考试，那科老师是全年级最严厉的，你还记得吧？考试之后老师让他讲题，你猜怎么着？让他讲的那些题正好是他为数不多做对的题。他能讲出来老师还挺高兴，说总算有点进步了。你说，一个人有这样的运气，还怕什么呢？"

船帆笑了，"没想到还发生过这样的事情。他后来学习还挺不错的，考试也没有不及格过，也不知道是怎么着突然开窍了。""这个他倒是跟我讲过一点，你还记得咱们合唱团的排练老师吗？她和班主任一起，跟他讲道理，硬是给他讲明白了。他那会就喜欢音乐老师，说合唱团能给他一种'难得'的归属感。其实，遇到帆姐，遇到大家，我才慢慢明白了，什么才是生活应有的样子，我也遇到了我生命中的贵人。"

"先不说那么远的事了，咱们的食物储备得够不够啊，我之前买了好多，但是……唉，不知道还有多久才能雨停。""是啊，"船帆叹了口气，"印象里，我从来没有见过这么大的雨。"

如果是晴天，东方的天空现在已经露白了。

船帆摇了摇头："他能平安回来是最好的。但是如果相予他们问我相见去哪了，我要怎么跟他们解释呢？我说，是我让他出去才导致他失踪的？就在几个小时以前，我们明明有那么多事情要做，我却偏偏把最危险的留给了他。和相见、相予住在一起的这几年，我从相见身上收获了很多东西。一个孤独的人有了稳定的住处，每天他都陪我一起上下学，饿了他会立刻叫相予给我做东西吃，只要拍一下桌子他就会出现哄我开心……而我呢，我给他带来了什么呢？只是被需要、被依靠的感觉吗？"

"如果是他的话，只是这样就足够了。身边总是有人陪着，无论是笑，是哭，还是发脾气，都是珍贵的回忆。如果他需要的，只是一个可以一起长大的人，那不是正好吗？并不是你付出得越多，得到的就一定就越多。我冒昧地说一下我的经验吧，在交往过程中，无论是什么场合，只注重那些形式上的东西，而不去顾及别人的实际感受，友情是不会长久的。"

"但是他真的喜欢这样吗？"

许涵笑了，"你们俩是有多久没好好交流过了啊？""很久了。""是啊，不过咱们可以想一想，就拿相见搬到'船帆下'这件事来说，如果他反感，又怎么能在一夜之间决定和你一起搬过来呢？你想想，他的这个决定，真的只是为了他弟弟吗？"

船帆没说话，许涵接着说："刚才我说的这个事情，只是相予跟我提过一句而已，而且相予的想法和我一样。不过我有一件事比较好奇，你和相见是怎么认识的啊，你们俩一路走到现在，可真是不容易啊。"

"我……""啊，不想说也没关系，现在谈这些确实不合适。""不是那个意思，我是说……"

"我忘记了。"

一道闪电落在了"船帆下"附近，紧接着天空中响起一阵闷雷。许涵手中的玻璃杯没拿稳，掉在地上摔碎了。不应该啊，明明是这么重要的记忆，却……为什么呢？

在打闪的一瞬间，她看到船帆的眼圈红红的，脸上的神态也很不对劲。许涵知道，她已经陷入了深深的焦虑与疲惫，不能再聊下去了。

"姐，你怎么还没睡……啊，涵姐也在啊。"二人身后传来了船和的声音。应该是被玻璃杯打碎的声音吵醒的。

"我们刚睡醒，他们俩应该还没醒吧？时间还早呢，你要不要再睡一会儿去？"许涵把椅子换了个方向，看着船和。

"嗯，他们还没醒。涵姐，你们在聊什么啊？""没什么，我们在聊……明天吃什么。好啦，接着睡觉去吧。"说完就要把椅子转回去。船和小声说："那个，涵姐，相见哥怎么还没回来？我有点担心他，他会不会……遇到了什么危险？""放心吧，等到天晴的时候，他一定会回来的。"

船和披着毯子在沙发上靠近船帆的地方睡着了。

许涵对船帆说："帆姐，你的状态太差了，必须睡觉，睡一会儿也行，我去给他们准备早饭。""还是我来吧，你在外面折腾了半天，还陪着我聊了这么久，辛苦你了。唉，心情不好的时候，有你们在，真好。""没事，开心才是最重要的。再说，我身体结实，能扛。这样吧，如果你实在不想休息的话，咱们俩就一起去做饭，还能早点完事。""嗯。"

二人进了厨房关上了门。由于刚才的一阵响动，屋中的三人慢慢地醒了过来。谁的心里都不踏实，稍微有点风吹草动，就都被惊醒了。"那个，相……予，这是什么声音？"相卉小声说。"卉姐，是关厨房门的声音。"相予抬头看了看。厨房灯已经亮了起来，偶尔能听见碟子碰撞和开关水龙头的声音。"予，你醒了吗？"船和起身向相予的方向看去。"嗯，相卉也醒了。""唉，这雨还是没有停啊。"船和走到餐桌前坐下，"相见失踪了！"

"什么？"

五、大浪淘沙

这是哪……

相见醒来后，发现自己正躺在一个陌生且冰冷的地方，身旁倒着一棵树，身下全是烂泥。他艰难地爬起来，甩了甩风干在手掌中的泥块，找到一块平整的石头坐下了。

身上不再感觉到雨滴的坠落，四周也平静如常，看起来是雨停了。身边都是歪七扭八的树，看来这场暴雨给这里带来了很大的破坏。相见全身基本没有一个地方是不难受的：肿胀、疼痛、麻木……他随手捡了一根树枝撑着自己站起来，对，我要尽快赶回"船帆下"，他们几个现在一定很着急。

但是，没有任何标志，也没有参照物，还得拖着受伤的身子，想回去谈何容易？相见在满是积水和泥泞的树林里漫无目的地走着。天已经放晴了，虽然洒在身上的阳光十分微弱，但总比阴雨罩在头上要舒服得多。

走出的每一步都伴随着疼痛、焦虑、饥饿……他不知道应该往哪个方向走，也不知道在这个情况下应该怎么做才能活下去。

他的脑中逐渐浮现起了一个人影，它逐渐放大，出现在了自己面前，又一点一点有了颜色，是一个发光的人形，它想干什么……

它就在自己面前，只有几步的距离，相见对着它说：
"你……你是谁……我要怎么回到'船帆下'？"它似乎向
他挥了挥手，又向远处飘去。相见赶忙三步并作两步扑了过
去，却重重地摔到了地上。

"往……那边……走下去……"

相见一下子清醒了，那个声音，正是他在黑色的梦中听
到的。"往那边……哪边啊？"他爬了起来，冲着那个人影
喊道。

他的声音很微弱，但是它却像听得很清楚一般，对相见
说："跟紧我……"

那个人影快速向后退去，相见扔掉了当作拐杖的树枝，
连滚带爬地追了上去。

在洼地里不知走了多久，转过一个弯，相见实在走不动
了。他能感觉到膝盖已经破了，身上有无数个伤口在流血。
眼前一片昏暗，他又一次倒在了地上。因祸得福，他摔在了
一片水坑里，嘴里进了不少水，生存的本能让他一连喝了好
几口，终于再一次看清楚了这个美丽的世界。

抿了抿破裂的嘴唇，他继续向那个方向走。走了一会儿，
身边的景象发生了一些变化：不再是洪水后的残枝败叶，而
是一片茂密的树林。阳光只能透过一点，大部分被高大的
枝叶吸收走了，像怜悯相见一般，分给了他一点光和热，让

他不至于停下来，或者因为绝望永远倒在这个本不属于他的地方。

慢慢地，身上的水被风干了，相见的头发无意中沾上了一些不知名野花的花粉。他看见了草原蒲公英。他累了，这段路程消耗了他太多的体力，便随手摘了一朵已经成熟的蒲公英，轻轻在空中甩了甩，看着无数的小伞往各处随意飞去。

休息好了站起来，相见才发现那个人影消失了。他失去了指引。想了想，决定沿着脚印的方向继续走下去。因为他知道，这个方向的终点，一定是自己心心念念的那个地方。

相见最不喜欢未知。路没有走过，也不知道自己最后能不能到达目的地，总觉得不踏实。相见只是想要安稳的生活，现在呢？看来这个目标又成了奢望：神秘的"船帆下"，身边满是秘密的人，他始终在分析这里的一切，却每次都不了了之。即便是现在，只有他一个人，他也不能静下来思考，因为疼痛阻碍着大脑把精力用在这些"似有似无"的事情上。只有他的潜意识一直在提醒他，在弄明白这一切之前，不要随便确认自己正处于真实世界中。

真实、虚幻……这些发生的繁杂事情的背后有无数种可能，他本可以在众多可能性中做很多事来证实自己的疑惑，但是给他的选择并不多。为了生存下去，为了身边的亲人，他只能暂时接受这个陌生的世界，即使自己一次次被它漠视。

走了不知有多久，他已经不能正常思考了。前面是一个巨大的山谷，他站在悬崖边缘，云层覆盖在山谷上面，底下十分昏暗。正在他试着寻找向下的路时，一个力量突然把他向前推去……

他不知道自己是怎么下去的，也不知道是怎么站起来的，更不知道是怎么摇摇晃晃地走起来的。再次恢复意识时，他趴在地上，听见了汽车发动机和铲子碰到石头的声音。脸上都是跌在地上时沾的泥土，他艰难地爬起来，用全部力气从身旁拿起一块小石头，向声音的来源处扔了过去……然后就什么都不知道了。

"船帆下"的清晨。

五人坐在一起，简单吃了点东西当作早饭。船帆去洗碗，许涵陪着三人聊天。不经意间看了一下别处，许涵发现，有一束光透过了窗帘。

"大家快看！""太好了，天晴了！"

"怎么了，屋里这么热闹？"船帆听到声音，从厨房走了出来。"姐，天晴了！"船和扑到了她的怀里。

"既然天已经放晴了，咱们现在去看看损毁的情况吧，今天尽量把路打通。相予、船和，你们去把路上的淤泥清理一下，相卉上楼看看大家的屋子里有没有进水。许涵，等相予忙活完了你就把车开下来吧。我去附近找相见，如果谁的事情做完了就过来一起找。"船帆又补充了一句，"一定、一定要注意安全！"

"船帆下"并没有遭受多大损失，窗户没有破，墙体没有裂缝，各楼层也没有进水。

"姐，收拾完了！"船和在远处对四下张望的船帆大喊。幸运的是，只有靠近"船帆下"的一段路损毁严重，远处的道路还是可以正常通车的。"好，辛苦你们了，休息一会儿吧。许涵，麻烦你开车试试这条路能不能顺利通车。""好。两位小朋友辛苦了，要不要上来兜兜风？""好耶！"

砰！许涵的车撞到了什么。"你们俩在车上等着，我去看看怎么回事。""不应该啊，我们俩清理得可认真了……"

"哪来的这么多碎石头啊？我们刚才没看见……对不起，涵姐，是不是把你的车弄坏了？"相予说。"没事的，这样，我们回去拿工具，咱们仨一起干很快就能完事。"

许涵没干过这样的活，相予二人也几乎用尽了体力，本来还想一边干活一边聊天的，结果发现根本就没有精力说话。清理了道路，三人上车刚要关门，许涵发现，挡风玻璃多了几个泥点。

"这是怎么回事，为什么车玻璃会脏，难道是……"

"有情况。船和妹妹，快去叫帆姐过来，相予跟我走，快点！""怎么了？""别问那么多，快！"

相予疑惑地跟着许涵翻遍了附近的高草丛，检查了所有的水洼。突然，相予喊道："涵姐，那个是什么？"泥泞中，浮现出了一个人的形状。

远处，船帆看见船和急匆匆地向她跑来，应该是发生了什么很紧急的事吧。她突然有一种感觉，会不会是他们找到相见了？顾不上那么多了，她拉起相卉的手，急匆匆地跑了过去，正好看见许涵二人在把什么捞起来。

"涵姐，这……这是人吧？"相予看着那个东西陷入了沉思。"应该是被洪水冲过来的，一身的泥。咱们先捞出来，看看他身上有什么可以辨别身份的东西吧。""嗯。"

"这，这是什么……"船帆看着二人的"考古挖掘"现场陷入了沉思。

"涵姐，好像什么也没有啊。""不，你看这个。"许涵从那个人的口袋里掏出了一张皱皱巴巴的照片。

"我看看。"船帆接过来。

照片很模糊，又被水泡了，颜色已经无法辨认，只能依稀分辨出两个人影。许涵、相予看得一头雾水，船帆却一眼认出，这是她和相见在很久以前一起拍的照片。

"快，把他抬回去。他是相见！"

六、重聚"船帆下"

入夜。

"帆姐，他醒了吗？"

"还没有。饭准备好了吗？"

"涵姐和相卉正在准备。"

"嗯，等会你们先吃，我看着他。"

"你至少得吃点东西，这几天太累了。"

"没事的，等他醒了，一切就都好起来了。"

……

"船帆下"终于回到了正常的状态：中午热，早晚凉，树又长起来了，通往外面的路又通了，大家也回到了平日的生活中。只是，一个成员还在昏迷中，且状态并不好。

许涵来到她的身边，轻轻地说："帆姐，我替你看着吧，你得去吃点东西，再不吃身子就该出问题了。我给你做了点汤，要不你先……""没事的，唉，真希望他能快点醒来。相予他们吃了吗？"

"吃完了，已经在沙发上睡着了。给相见清理干净加上处理伤口，对于他们来说工作量有点大。我让相卉上楼休息去了，今晚我留下，你一个人照顾他太辛苦了，咱俩换着来会轻松些。""好。那，麻烦你……"

"这有什么的。快去吧，再不吃就凉了。""嗯。"

相见还是没有醒来。他感觉自己在那片草原上硬撑着往前走，又看到了那个深谷，又感受到了那股神秘的力量，又陷入了昏迷，醒来又回到了草原上……

"他怎么样了？"许涵来换班了。"发烧了。""要不给他吃点药？但是他这个状态，不一定能吞咽。"

"哪用得着这么麻烦？"船帆一天一夜没睡觉，又没好好吃饭，心火一下子上来了。她一手抓起药片，一手强行撬开相见的嘴，把药塞了进去，又抢过许涵手中的热水，在许涵震惊的目光中，一股脑地灌了下去。

此时，相见的梦里可就热闹了：他走着走着，空气中突然掺杂了很多异物，说不清是什么，但其中一块精准地卡在了嗓子里。相见还没做出反应，紧接着一股热浪扑面而来，一股液体冲进了他的喉咙。他下意识想闭紧嘴，却做不到，因为什么东西正在掐着他的下颚。连着咳嗽了好几下，不适感终于消退了。

疼痛正在逐渐消失，但是周围的颜色也在一点一点消退。身边由彩色变成了黑色，他一度以为自己回到了那个压抑的空间，但是很快，黑色就被五彩斑斓而分布奇异的颜色所取代。无数的颜色在虚空中飘浮，就像极光一样，将他的皮肤染上了相同的颜色，又很快褪去了。

相见想要保持理智，但是显然很难。他试着把手伸向那些奇怪的颜色，却什么感觉也没有。不过现在除了往前走，也没有什么别的选择了。不知走了多远，他感觉有些头晕目眩，毫无征兆地晕倒了。醒来的时候，视线虽然很模糊，但是，他看到了一个人影，它是那样的熟悉，好像在什么地方见过……他感觉他的手正被紧紧地攥着，内心便逐渐平静了下来，终于沉沉地睡去了。一切难受的感觉都消失了，只有安心，只有安心……

"他睡着了，而且气息很平稳。帆姐，他活下来了！""太好了，太好了……""帆姐，帆姐！你别晕，我这就扶你躺下……"

"你们俩就连病都一起病，真是绝了。"

太阳升起的那一刻，相见醒了。虽然身体还是有些不适，但是总算脱离了危险。看了看身边，相予坐在他旁边的椅子上睡着了，船帆静静地躺在他的身边。看着天花板，他试着回忆了一下这段时间发生的事情：挪车的时候遇到洪水，然后……然后呢？做了一个很长的梦就回到这里了？那这全身的伤口，晕晕乎乎的感觉，又是怎么一回事啊？

想不出答案，他习惯性地翻了个身。"哥，你醒了吗？""予。""太好了，你可算醒了。""这是怎么回事？""你小点声，帆姐还没醒呢。"相予把这几天里，从他失踪到发现他再把他抬回来的事情简单讲了讲。"唉，因为我一个人这么麻烦大家，实在不应该……""没事的，你现在醒过来了，大家又一次聚在一起了，所以任何的付出都是值得的。"

"不过，你可真的吓坏帆姐了，她因为你的事情两天没合眼，也没好好吃饭。涵姐也是，昨天后半夜我来换班，帆姐撑不住了，涵姐也很疲惫，这才同意我照顾你的。""唉，没想到这么短的时间里竟然发生了这么多事……扶我起来，我想下床走走。"

"你，不许……离开……"船帆突然拉住了相见。"那好吧，我不走了。这段时间真是辛苦你了，现在就让我来照顾你吧。"

许涵一觉醒来已经是傍晚了。她简单吃了点东西，就赶忙下楼去察看两位病人的情况。推开一楼的门，看见相予、船和正在客厅的沙发上玩，就知道，俩人都没事了。

船帆的房间里，相见坐在床边给船帆喂饭，船帆裹着被子一口一口地吃着。许涵刚要说什么，就被相予叫住了："涵姐，你看见卉姐了吗？昨天晚上我们就没见她。""不知道，我今天睡了大半天，没看见她。怎么，你找她有事吗？""没事，我们只是……"

"那我们去看看相见哥吧，我想听他讲这两天他都经历了什么。"船和看了看屋里。许涵笑了，"行，你们俩等我一会儿，我先进去看看他们俩的状态如何。"

相见的身体还是很虚弱，但是在他看来，船帆的状态比他还差。许涵走过来，"相见，你去休息会儿，我来喂她吧。""不用，我去叫相予来。""不，你不能走……"船帆拉住了他。"我去叫吧。"许涵出去，把相予二人叫了进来。

相见简单讲了讲他的记忆。"哦，我懂了，就是说你在挪车的时候正好碰到洪水，然后被冲走了，这个过程中你做了个很奇怪的梦？"相予说出了他的想法。"才不是呢，相见哥的意思是，他被洪水冲走又被冲回来了，因为发烧才做的梦，对吧？""我倒是觉得，被冲走很有可能，但他是怎么回来的，连他自己也不知道。"

"好了好了，听得我都开始头疼了。"相见赶紧说。至少在明白事情的缘由之前，还是不要乱猜了。"那个……"船帆突然说，"还有吃的吗？""有有有，我去给你拿。"许涵端着碗出去了，把相予、船和也拉了出去。

"见。""我在呢。""我昨天做了个梦，梦见大家去了'船帆下'的五楼一起玩。那时我还在想，你明明已经昏迷了，精力怎么会如此充沛……虽然知道是个梦，但是我醒来以后发现，你真的醒了。这两天我不知道是怎么度过的，直到你回来……今天你说什么我都不会放你走！""好，我就在这儿陪你，好吗？"

五楼，对于他们几人，甚至对船帆来说，都是一个神秘而陌生的地方。那里没有什么布置，也没有人住。既然船帆提到了五楼，相见想，没有人住，干脆就布置一下，改成活动室好了。船帆睡着了，他的病也没完全好，没有精力琢磨这些，不如明天把大家都叫来一起商量。

暴风雨已经过去了，看起来"船帆下"经受住了这次考验，五人更加紧密地凝聚在了一起，相卉也逐渐适应了这里的生活。只是，相见对这些事情的发生感到越来越疑惑和迷茫，但他总有一种兴奋的感觉，那是因为，他感觉他离事情的真相越来越近了。

七、永远的心结

"你睡了吗？"船帆拍了拍相见。

"没有。"

"这么晚了，你怎么还没睡？"

"伤口疼，睡不着。"

"有件事我一直压在心底，从来没跟你们提起过，但是今天我想跟你说一说。"

"嗯。"

"我好想参加一次成人礼。"

"哦。嗯？为什么？咱们已经这么大了，怎么突然想起来这个了？"

"你还记得咱们俩去参加和跟予的成人礼的那一天吗？我也好想参加一场那样的典礼：走过气球门，和喜欢的人一起站在舞台上，接受所有人的祝福，好像一下子就长大了，多浪漫啊。"

"是啊，咱们俩和许涵应该都没有参加过。不如，趁现在大家都没什么事情，我们自己办一场？"

"那要怎么办啊？"船帆的声音欢快了起来。

"明天找他们商量商量吧。"

"嗯！"

看了看日历，夏天似乎要过去了，但是"船帆下"附近的天气依然炎热，许涵给二楼装的空调正好派上了用场。这天，船帆病好了，相见也痊愈了，六人又一次聚在船帆家，一起庆祝"船帆下"安全度过了这次"灾难"。

没有什么精美的菜品，许涵带船和简单做了一顿"病号餐"。大家一起经历了这样可怕的事情，不免心有余悸，没说什么话，只有相卉表演的几个小魔术让这顿饭没有那么无聊。

"各位，今天我邀请大家来，不仅是为了庆祝，还是为了讨论一件事，现在由相见简单说一说。"船帆说完，拍了一下相见。

"嗯。我们住的'船帆下'一共有五层楼，五楼一直没有人住，处于空置状态。所以呢，帆姐的意思是，我们把它装饰一下，以后有什么活动就可以直接去五楼，这样也省去了改装我们住处的时间，所以想就这点征求一下大家的意见。"相见看了看大家。

"我觉得可以，我们需要一个举办活动的地方，而且，我觉得咱们六个人住在这里，人已经够多了，不需要新房客了，与其让五楼这么大的地方空着，不如好好利用一下。"许涵说。

"我们也觉得可以。"相予、船和说。

"你呢，你觉得这个主意怎么样？"相见看向相卉，从刚才起她就一直低着头，一声不吭。

"我……我不知道这样好不好……"

"卉姐，我们准备的活动是所有人都要参加的，大家一起玩，平时空着不用，不会吵到你休息的。"船和说。

"我没事的……"相卉还是没有抬头。

相见看着她，顿了顿，说："那就先这样吧，我们明天准备开始布置。还有一件事，是我和船帆昨天商量的。我们想为我、帆姐和许涵补办一场成人礼。我们三个人都没有参加过，想弥补一下这个遗憾。大家对此有什么想法吗？"

"嗯，这是好事啊，我同意。而且相见这次算是大难不死，就算他以前再不成熟，现在也应该长大了，需要这么个仪式。"许涵笑了。

"哇，真的吗？我想看姐姐站在舞台上的样子。"船和很开心。"好是好，就怕我哥上去出洋相。"相予也笑了。

"卉姐，你呢？你从刚才开始就没说话。"船和拽了拽相卉。

"我……我不知道……"

"不要总是说不知道，你也是'船帆下'的一员啊，给个意见嘛。"

"是啊，卉卉妹妹，住在这里，我们都是一家人，不要拘束。"许涵说。

"那……那我就，同意了？"

"好耶！"

第二天一大早，六人就一起来到了五楼。

"帆姐，我来开门吧，钥匙呢？"许涵走到前面说。

"钥匙？什么钥匙？"船帆很疑惑。

"大门的钥匙啊，你看，我推不开它，门应该是锁上了吧。"

"不可能，我从来没有用过五楼，怎么可能上锁呢？"

"我……我想试一下。"相卉用很小的声音在所有人的后面说。"好，你来试试。"许涵把位置让了出来。

"啊……"相卉迟疑了一下，缓缓转动门把手。所有人都没想到，门锁竟然断了，相卉看着手中的门把手和散落在地上的碎片发愣。

"你去试试看能不能打开。"船帆轻轻拽了一下相见，相见把相卉让到一旁，推了推门。

门开了，里面只有一些木箱、椅子和别的杂七杂八的物什。相见把几个箱子搬到角落里，几人才勉强挤了进来。五楼十分简陋，不过对于船帆来说，这样的空间正好：摆个舞台，再摆几把椅子当作观众席……不仅是成人礼，以后如果有其他的活动也可以在这里办。想着想着，她不禁笑了起来。

"这里太脏了，大家先回去吧，我和相见简单收拾一下，一两天就能完事。许涵，我任命你为活动组组长，带着他们三个组员，策划一下这次成人礼的活动！""好！既然帆姐的兴致这么高，我们也不能'掉链子'！三位，去我屋里，咱们好好商量一下！""好！"

"卉姐，我们走吧？"船帆转头看了看身后的相卉，她一直在盯着什么，好像没有听到大家刚才的对话。

"哦，哦，来了……"

"她还是好见外。"相见看着她的背影说。"没事，她会融入这里的。"船帆说，"好啦，咱们开始收拾吧，你先把那几个箱子……"

八、与夏天混合的热情

二人忙活了一整天，用五楼的箱子和椅子摆出了一个像模像样的小舞台。虽然没有炫彩夺目的灯光，也没有华丽的装潢，但是在船帆看来，这已经足够完美了。相见早已汗流浃背，站在窗户旁边吹风，说："嗯，几乎一模一样。"

"什么一模一样？"船帆看着他。

"和菲文路中学的小礼堂一模一样。"

"嗯，我就是按那个设计的。怎么样，好看吧？"

"我觉得多少还是得装饰一下，你看，箱子是棕色的，椅子是灰白的，是很还原，但是……感觉还是差点什么。"

"那你想怎么办？"船帆走到了舞台上。

"舞台上至少要铺一层地毯吧，还有那个讲台，完全是两个箱子胡乱堆出来的，有点太随意了，要不就撤了吧。"

"那哪行？这样吧，你把箱子锯开然后拼一下，拼好以后贴一层深棕色的墙纸，写上'船帆下'，我想想……咱们明天再弄吧，反正今天收拾得差不多了。"船帆拍了拍那个简单的"讲台"。

"嗯。终于能休息一会儿了……"

那场暴雨以后，晴朗的天气总是眷顾着"船帆下"，给这片寂静的土地带来了无限的活力与朝气。用相见的话来说，好天气能带来好心情。

确实是这样，暴雨的伤痛已被抛至脑后，大家在努力筹划着"船帆下"的新生活。相见在锯坏了五个箱子、用坏了两把锯子、浪费了半盒钉子后，终于凑合做出了一个讲台。他和许涵费尽周折，把老房子里的那架老钢琴也搬到了五楼。这段时间，许涵天天带着三人去五楼，他们坐在台下编排流程、讨论节目。相卉也不再拘谨，正在努力与大家玩到一起。

几天后，大家到船帆那里吃饭，许涵把四人最后商讨出来的计划简单地讲了讲。不仅有盛大的仪式，还有几个相予三人准备的小节目，活动之后，还准备聚个餐，就连谁做什么饭都安排好了。最后，许涵说："计划大概就是这样，但是呢，自然少不了大家的配合。这样吧，请相卉为我们讲解一下，大家鼓掌欢迎！"

在大家的掌声中，相卉缓缓站了起来，说："那个……我们准备了很多道具，明天我们会进行调试，要是大家有兴趣的话可以上楼去看看，然后……如果明天顺利的话，随时可以开始，请帆姐定个日期吧。"

船帆想了想，去房间里拿出了一本日历放在桌子上。六人凑在一起，看着船帆一页一页往前翻，最终停在了船帆毕业的那天。

"竟然已经过去这么久了，真是怀念啊。那就选在这个周年纪念日那天吧，你们觉得呢？"

"我觉得可以。"相见说。

"嗯，那就这么决定啦！走吧，三位小朋友，我们趁这段时间再上去看看有没有遗漏的地方。""好！"

许涵带着相予三人上楼去了，一楼只剩下了船帆、相见两个人。"你还记得那天吗？"船帆轻轻地说。"嗯，咱们俩一起回学校取毕业证和大合照。""是啊，往回走的时候下雨了，回家换了身衣服定了定神才想起来，一天过得太匆忙了，我们和学校、和老师、和同学，不要说最后痛痛快快聚一场，甚至都没有好好说声再见。""还好现在我们住在一起，要不然，想见一面都会变成一种奢望。"相见笑了，船帆也笑了。过去有多少遗憾已没有关系，此刻的幸福能化解一切伤痛。无数的心结在这一刻舒展开来，生活又有了新的激情，就像这天气一样，虽然距离最热的时节已经过了很久，但现在，本该冷却下来的天空依然晴朗且热烈。

"涵姐，准备好了。"相予挂上了手中的最后一条彩带，向许涵招招手。"嗯，大功告成，我们回去休息吧。""涵姐，我……"相卉小声地说。"相卉，怎么了？""我……我能问个问题吗？""问吧。""涵姐，你要参加这个仪式，对吧？""嗯？怎么突然问这个？""我只是想确认一下。""这样啊……我觉得我就没必要参加了吧？他们俩开心就行了。""但是，这个活动是为你们三人办的啊，而且我也想看看涵姐站在台上的样子。"相予、船和凑了过来，"是啊，而且涵姐为了这次成人礼付出了这么多，你也应该参加嘛。""我知道了。这次活动布置辛苦大家了，我们先回去好好休息，明天再来看看还有什么需要准备的。这件事不要告诉他们俩哦。"许涵指了指楼下。"嗯。"

第二天，相予、船和吹了小半天气球，才勉强做出来了一个简易的气球门，许涵把它固定在了门口，并且叮嘱三人，千万不要把活动的内容告诉船帆和相见，也要他们不要提前上楼。不过就二人的性格来说，他们是不会上来偷看的。

许涵回到了三楼关上门，相卉悄悄溜到"船帆下"大门口的空地上，和相予、船和见面。三人一致认为，许涵理应上台接受祝福，而不是在台下看着，哪怕在台上当主持人也不行。于是，他们商量出了一套比较可行的方案……

还有一天，这场典礼就要开始了。许涵独自一人来到五楼，进行最后的检查。她打开了不知从哪翻出来的投影设备，仔细地调试了一遍，把椅子摆正，重新码了码拼成舞台的箱子……站在门口，确认无误，把门关上。

"就这样吧，我自己无所谓，他们俩玩得开心就行。不过，这仨小朋友可能会整些变数出来，得好好做一下准备。"

入夜，"船帆下"各层的灯一盏一盏地熄灭了。除了风声和树叶落下的声音，听不到其他的声音了。等到这里再次醒来，从这里迸发出的无限的青春与活力，将比太阳还要耀眼，比星星还要璀璨，比火焰还要热烈。

九、我们的青春永不落幕！

相见找出了他最好看的一身黑色礼服，这是他当年为了参加合唱比赛专门定做的。相予帮他穿上，确保没有任何褶皱。

相见缓缓走到四楼，他们三人要在楼梯间做好准备，待到音乐响起，就可以去五楼了。船帆来得稍稍晚了一些。她穿着一身白色的礼服，化了淡妆。"我好看吗？"她对相见笑了笑。相见也笑了，"当然了，谁也没有你好看，我都想不出合适的词来夸你了。""为了成人礼我可是准备了好久呢。"她打量了一下相见，"嗯，你的这一身衣服挺不错的，你现在的状态和平时完全不一样。这才是相见应有的样子嘛。"

熟悉的旋律环绕在二人的身边，轻轻打断了他们的谈话。"是《大鱼》耶，那时咱们最喜欢的曲子。""是啊，我记得那会儿你弹琴必选这首曲子作为休息前的最后一首。""该我们上楼了，走吧。""不对啊，许涵呢？"到现在二人都没看到许涵，难不成她起晚了？

"我下去看看，你在这儿等着。"相见刚要迈步下楼，船和从上面跑了下来，"姐姐，你们可以上去了。""和，许涵呢？"船帆问她。"涵姐已经在楼上了，她不想参加这场典礼，只想当主持人。不过，我们俩已经有办法了。咱们先别管她了，你们上去了我们就开始。"

相见、船帆互相看了看，虽然他们三个还小，不过，也在各种各样的事件中不断地成长着。这一次就当是成为大人的毕业考试吧，相见相信他们是可以顺利毕业的。"嗯，到时候出了问题我们俩给你们兜底。""好。"

上到五楼，首先映入眼帘的是一个大气球门，无数红色和粉色的气球上，点缀着几颗黄色的小五角星。"好漂亮啊……真的是他们几人自己做出来的吗？"相见被震撼到了，不禁停下脚步驻足观赏。"见，别看了，进去吧。""哦，好，那等出来再看吧。"

船帆和相见先后走过了代表成长与祝福的气球门，走入屋内，顿觉豁然开朗。许涵穿着黑色正装站在讲台前，微笑着看着大家入座。相卉站在舞台的侧面，为许涵操作灯光和投影。船和走到许涵身边，对她说："涵姐，人已经到齐了，可以开始了。"五人在台下坐定。

"咳咳，"许涵清了清嗓子，音乐停下了。许涵开口说："各位兄弟姐妹，亲爱的朋友们，大家早上好，欢迎来到位于'船帆下'五楼的小礼堂，我是本次活动的主持人许涵。我宣布：回忆过去，展望未来，'船帆下'成人礼暨全体成员第一次集体活动，现在开始！"

"好！"相见带头鼓掌。

"活动第一项，请欣赏散文《青春时代》。让我们用掌声请出本文的作者相予，为大家朗诵。"

在大家的掌声中，相予缓缓走上了舞台，拿起稿子："青春，是人生中最为难忘的记忆，我们在其中成长，变成了大人。当我们在大千世界中努力拼搏时，无论荣辱沉浮，都会回忆起我们的青春时代。那年，懵懵懂懂的我们在那个大花园中相识，互相陪伴，一起成长，最终成为一朵朵艳丽的花朵，在这个世界上努力地绽放。总以为明天会更好，总会在有流星的晚上许愿快点长大，总觉得梦想很容易实现，最后才发现，最美好的永远都是我们身后的青春时代。有人说，我们会在年少时盼望着长大成人，紧接着又会用一生去祭奠青春。在我看来，青春时代已一去不返，虽然我们曾有那么多遗憾，也有那么多未完成的事情，但都已经过去且不可能回头去弥补了。不如把青春时代与这些珍贵的记忆一起装入人生的行囊，让其在黑夜里照亮前进的方向。让我们和它一起，在人生的路上永远拼搏，永远前进！谢谢大家。"

"好！再来一个！"相见站起来鼓掌，引得大家大笑。"哈哈哈……相见，这又不是相声，还再来一个。"

许涵走到了舞台中间，"感谢相予为大家带来了如此精彩的节目。活动第二项，请大家欣赏由'船帆下'成人礼活动组特别策划的节目《我的高中生活》。"

灯光暗了下来，相卉开始操作投影仪，舞台后的白板上的图像逐渐清晰了起来，上面展示了很多照片，按从开学到毕业的顺序依次播放着。有三人独立的照片，也有各种各样的合照，社团的照片、比赛的照片，相见看得眼花缭乱。其中一些照片里的情景相见已经回想不起来了，想仔细看看，又很快被划过去了。船帆看得有些入神，应该是想起了什么吧。

同时，许涵播放了菲文路中学的校歌，相见情不自禁地跟着唱了起来。此时正好展示着几张毕业前的照片，不免有些伤感。真的已经过去了很久啊。

灯重新亮了起来，整个"礼堂"却依然沉浸在回忆里。"在刚才的节目中，我们整理了留存下来的近百张照片，耗时一天时间制作而成。它们包含了我们很多的回忆，或许有些照片背后的故事我们已无法忆起，但是，它们只是我们人生的一部分，在这个陌生的世界里，身边的亲人与朋友才是最重要的。下面进行活动第三项：请相见、船帆和相予、船和走上舞台。"四人缓缓走到了舞台上。"在成长的过程中，我们少不了亲人的陪伴与鼓励。你们的弟弟妹妹一直陪伴在你们身边，见证着你长大成人的这一刻。你们也许不知道，他们有很多话想对你们说。现在，请相予、船和向哥哥姐姐表达祝福。"

灯光聚焦于台上的几人。相予拿出一封信，说："哥哥，从我们一起生活的那天起，你就一直很照顾我，把好的都留给了我。每每发生争吵，总是你主动让步。有时候我在想，遇到你真的是一件幸运的事情，你让我成长了很多。我也要感谢帆姐，谢谢你的陪伴，带给我了无限的温暖。在我最需要陪伴的年纪有你们陪我长大，我想没有什么事情比这更幸福了。"

船和说："姐姐，虽然我失去了很多的记忆，但是你的出现就像一缕阳光照进了我黑暗的生活。如果没有你，就不可能有今天的我。无论我做错了什么，你对我总是很温柔。我学到了很多东西，也逐渐变成了像你一样温柔的人。我也要谢谢相见哥，你一直保护着我，也让我学会了坚强。在我成长的路上有你们，真的很幸运。今天的你们要步入大人的世界了，我会在身后默默地祝福你们，希望你们健康快乐，永远保持青春的活力。"

许涵刚要宣布下一项活动，相卉突然把所有的灯都聚在了她身上。"涵姐，"船和走到了她面前，"虽然你住在这里的时间并不长，但是我们都很喜欢你，喜欢这个阳光开朗的姐姐。你安排的旅行让我们想起了很多差点被我们遗忘的事情，说出了很多积压在心底的话，多年以来的心结也解开了。回来以后每个人都能明显感觉到，'船帆下'的凝聚力更强了。你知道吗，相见哥跟我说你会留下来的时候，我高兴了很久。我只希望你能安心住下来，如果有时间的话和我们一起玩，这就足够了。这里对于我们每个人来说，都是家。所以，今天的这个仪式，不仅是为了相见哥和我姐，也是为了你举办的。卉姐，该你了。"

相卉走上了舞台，为三人分别戴上了亲手编织的花环。"我们希望你们在未来的生活中永远保持青春与热血，闯出自己的一片天地。无论身在何处，我们永远都会在背后支持你们。祝你们一帆风顺，前程似锦！"

"好！我们一定继续努力，不吃老本，去立新功！"相见三人纷纷鼓掌。家的温暖最令人感动。

"下面进行最后一项活动：为青春献歌，向青春告别。请大家齐唱《送别》。"

相卉摆弄了半天，音响似乎出了什么问题，一点声音也没有。"涵姐，这怎么办啊……""可能是老化了吧。""我来吧，《送别》这首曲子我熟。"相见走到钢琴边，掸了掸上面的灰，"准备一下，咱们试试音高。"

长亭外

古道边

芳草碧连天

问君此去几时来

来时莫徘徊

……

在略显伤感的歌声中，许涵宣布："回忆过去，展望未来，'船帆下'成人礼暨全体成员第一次集体活动，到此结束！"

无数的花瓣从天花板上飘落，洒在了六人身上。他们互相鼓励，互相祝福，完成了一件人生大事，活出了青春最好的姿态。他们也将带着这一份收获与感动，向未来一往无前地进发。

"涵姐，相机！"相卉把相机递给了许涵。"各位，来照相吧。大家，摆个姿势吧。"

在气球门前，六人摆好了姿势，等待着延时摄影的快门声。

"咔嚓。"这一声快门，将所有的美好都定格在了这一瞬间。它是六人最幸福的一刻，也是"船帆下"最为闪耀的一瞬。

"我看看……嗯，挺好的。接下来还有谁想拍照？自己挑位置我帮你们拍。"许涵说。"涵姐，我们仨想和你拍一张合影。""那就麻烦一下相见啦，帮我们四个拍一张。"许涵把相机交给了相见。"好，准备好了吗？三，二，一……""耶！"

……

"大家都拍好了吗？我们下楼换衣服吧，一会儿去船帆家做饭。"

很快，"船帆下"又一次飘散着美食的味道。六人坐在桌子旁，一上午的活动有些累人，饭菜也实在是太香了。

席间，大家聊了很多。每个人都面带微笑，享受着每分每秒，这才是"船帆下"最好的状态啊，相见想。

"各位，我来说两句吧。""好，帆总要讲话了，大家鼓掌！"相见带头起哄。"相见，你要是精力充沛，一会儿可以让你单独讲话。""别，我不说话了。"

船帆站起来，"首先，谢谢大家举办了这样一场活动，被大家这么关爱着，我真的很幸福。然后，这顿饭不仅是为了庆祝成人礼的圆满结束，也是庆祝'船帆下'平安度过了之前的那场暴雨和山洪。虽然过程有些波折，不过我们现在一切安好，这就足够了。以后如果我们又遇到了这种事情，也希望大家能团结起来，不要惊慌。不过，我还是希望以后的日子都能平平安安地度过。最后，今天上午大家确实有些累了，中午我们都睡一会儿，下午我们把照片冲印出来，每个人都要有一张；然后一起上楼去打扫场地。"

入夜，船帆和相见关上了五楼的门，下去休息了。相见进屋之前，船帆把他叫住，说："你知道吗，我真的好想永远停留在今天。谢谢你，我现在真的很幸福。"

"你开心我就满足了。早点睡吧，明天又是新的一天。"

"有你在，真好。"

船帆下楼去了。月光照在了"船帆下"的角落里，所有的喧嚣在此刻又一次归于平静。

明天太阳升起的时候，对于"船帆下"的每个人来说，都会是全新的、充满希望的一天。

第四章

夏末的第一场霜

一、时节的流转

"船帆下"的生活十分平淡，没有活动，没有集体旅游，也没有宴会，一切和外面的世界无异。

相见时不时地出去找他的小车残骸，其他人似乎已经忘了这件事。他在暴雨中看到洪水接近他，跑到一半又跑了回来带走了放在车里的照片。那是他和船帆二人的合照，他一直放在车里。这也是许涵刚发现他时船帆能一眼认出他的原因。但是，他找遍了"船帆下"附近比较低洼的地方，却一无所获。

有一次，他碰到许涵开车从外面回来，对许涵说："真是奇怪啊，整车留不住可以理解，为什么连碎片都找不到呢？""要不你去问问相卉？她没准能帮到你。"许涵说。"也是，不过我觉得占卜这个事情只能当成一种娱乐，估计找了她也没什么用。"

"那就没办法了。我先走了，你要回去吗？这是给你和相予买的，就算是为了感谢你救了我的车吧。""嗯，谢谢了。"

"其实车不是重点，重点在于，没车是真不方便。""哥，别念叨了，你已经念叨一晚上了……实在不行你就去找会占卜的相卉帮你。"相予打趣道。

不知道为什么，一提起相卉这个名字，相见总是有一种心悸的感觉。到底是怎么回事？他想不通。他不禁想起几年前二人曾是亲密的朋友，但很快就分开了。这也成了相见心中的遗憾。

没想到几年后，相卉竟然出现在了"船帆下"，这让他对这里的生活再次产生了怀疑，就好像有什么东西能看穿他的内心一样，把他喜欢的、想念的、重要的人都安排在了他的生活里。不过还没来得及细想，那场暴风雨就来了。现在有了时间，他把相卉的事情与"船帆下"的各种怪异之处联系在了一起。他觉得，这一切似乎并不是巧合。

还有梦中的那个黑色空间，被洪水冲走时梦境里出现的奇怪景象和那个神秘的人影……很难不令人怀疑。

晚上，船帆跷着腿坐在沙发上，"见，你这次让我们过来，是不是出了什么事啊？"

"不是什么大事，就是我的车一直没找到，所以来问问大家出来进去的有没有发现什么线索。"

许涵说："我们都没特别注意，你还是自己多留意吧，或者用一种更科学的办法，扔鞋看方向。""这个哪科学了……"

正在这时，相卉说："那个……要不要让我试试？"

六人围坐在餐桌前，相卉把纸牌整整齐齐地排列好，对相见说："抽一张吧。"

相见随便拿了一张，"相卉，这是什么？"

"它代表：霜。"

"见，你的车应该是被冲到某个温度比较低的山上去了，只有冷的地方才有霜。那也不对啊，洪水退下去的时候只会把东西往低的地方冲……"船帆摸着下巴说。

"不是这样的，霜是从天气的角度说的。对于物而言，这张牌的意思是，如果不赶快去找，就会像霜一样，化掉或者被冻成冰，很难找回来了。相见哥，你再抽一张，才是表示位置的。"

许涵一直若有所思，但是没说话。相见又抽了一张牌，"嗯……可以这样理解：你要找的东西在一个有花草的地方，结合第一张牌，应该是在'船帆下'后面的山的背面。""好，谢谢你，我明天去找找。"

大家聊了一会儿天就回去睡觉了，许涵在三楼叫住了相卉。"涵姐，怎么了？""没什么，有件事我比较好奇，想问你一下。相见抽的第一张牌，你说它是霜的意思，对吧？""是的。""那，有没有这样一层意思，'船帆下'最近要下霜了？""嗯，应该可以这样说，怎么了？""你不觉得，现在下霜，有些离谱吗？'船帆下'一直都处在炎热的环境中，夜里的温度也不低，所以这里不具备下霜的条件，理论上讲几天之内根本就不可能出现这种现象。""是的，这样说起来确实很奇怪，那咱们怎么办？""明天晚上应该还是到帆姐那里吃晚饭，到时候麻烦你具体看看什么情况。"

第二天，许涵跟相见走到山后，总算找到了相见被冲走的小车。奇怪的是，小车竟然保留了相见最后一刻离开时的状况。相见上车查看，车里没有积水，也没有留下任何被洪水洗刷过的痕迹。许涵绕到车右侧，看见副驾驶的储物箱半开着。

"相见，这里为什么是半开的？""我当时跑出去以后折回来，从那里拿了照片。"打开储物箱，里面只剩下相见之前放进去的一些应急物品。"先想办法把它开回去吧，其他的事情回去之后再说，你试试它能不能发动起来。"相见拧了几下钥匙，小车的发动机久违地被唤醒，发出了一阵强劲的轰鸣声。"这条路比较平缓，要不要试着开上去？"许涵说。"好，你去山上给我指路，我看看行不行。"

下坡的时候，小车的刹车踏板突然出了问题，险些撞上"船帆下"，相见也差点一头扎进船帆的房间，不过好在手刹还在坚守岗位，小车载着相见摇摇晃晃地停了下来。

"相见，你没事吧？"许涵从远处跑来。"没事，太刺激了……"之后，许涵开着车在前面"开路"，相见在后面紧赶慢赶地踩油门，把车开进了镇上的修理厂。

二人在餐馆坐了一下午，赶在黄昏之前踏上了返程的道路。不知道是不是相见的错觉，小车的速度似乎比以前快了一些。许涵的车灯映出"船帆下"轮廓的一瞬间，月光充满了相见的眼眸。

"你们干什么去了，怎么回来这么晚？我们都吃完饭了。"一楼，船帆看着气喘吁吁的二人感觉有些奇怪。"我们俩去修车了，可能路上耽搁了一些时间。"许涵说。"没事，船和给你们留饭了，快去吃吧。对了，相卉刚才下来吃饭，吃完饭看你们俩不在就上去休息了，说等你有空就上楼找她。""哦哦，我吃完饭就去请她下来，我有重要的事情跟大家说。""主要还是我这车即使修了速度也上不去，要不然早就到了。"相见一边往嘴里扒拉饭一边念叨。"没有吧，咱们今天应该比平时开得快。"许涵也没停下筷子。

那就怪了，明明车速比平时快，为什么以前天黑之前就能回来，今天开到晚上才到？

速度加快了，花的时间却变长了……距离长了？路在变，还是又出了什么其他的事情……

二、霜

想到这里，二人的食欲突然消失了。"现在咱们这样，我立刻请相卉下来。现在的异常状况太多了。"相见转头看了看，客厅里，船帆正在陪相予、船和聊天。"这样行吗？""除了这样还有什么办法？再说，人家相卉算得挺准的，暴风雨不就是她算出来的？还有，要是没有人家，你去哪找你这小车去？先这么办，我很快就回来。""好。"

相见把碗筷收拾到厨房里，把桌子擦了擦，又把大家叫到桌子前面坐下。许涵很快就带着相卉回来了，此时四人已经坐定。

安排相卉入座，许涵站了起来，"各位，实在抱歉突然把大家集合过来，但是我有件事想和大家讨论。昨天相卉给相见占卜的牌中，第一张牌有天气'霜'的意思，后来我问她，这是不是说明这里即将下霜，她认为可以这么理解。对吧，相卉？"相卉点了点头。"昨天晚上我一直在想，'船帆下'每天都很热，清晨和夜间也是夏季该有的温度，这样的条件根本就不可能形成霜。记得暴雨前，相见说外面没有云，能看见星星，不可能下雨，但是结果呢？据此，我怀疑这可能是新异常的前兆，所以特意请相卉过来帮'船帆下'做一次占卜。还有一件事……等结果出来再说吧。相卉，辛苦你了。"

"没事的。"相卉站起来，把一摞纸牌摊到了桌子上。"还是我抽吗？"船帆问。"不，大家每人都要抽一张。今天上午，我为昨天的事情占卜的时候，感受到了极为剧烈的不适感，所以这次异常非同以往，很有可能会波及'船帆下'的每个人。"她把其他的牌都收了起来，首先翻开了自己的，五人见状，也把自己手中的牌翻了过来。

相卉把它们重新排序，看了又看。五人面面相觑，静静地看着相卉。过了一会儿，相卉坐下了，"这是一个模棱两可的结果，说不上好坏。""啊？这是什么意思？"许涵问。"意思就是影响这里的因素很多，并不能进行准确推算。目前看来，'船帆下'的未来不可预料。"

许涵又站了起来，"今天我和相见去找他的车，按照相卉昨天说的去找，很快就找到了。不过，紧接着我们就遇到了两件怪事，请相见详细说一下吧。"

"嗯。今天我和许涵找到了我的车，但立刻出现了第一件怪事：它明明是被洪水冲走的，却没有出现在通往外面的低洼地方，而是出现在了'船帆下'后山，那里地势比较高，也没有被洪水冲刷过，按理说车子不可能在那里出现。而且，发动机可以正常发动，车里也没有进水的痕迹，这一点非常匪夷所思。我们俩在回来的时候，许涵说她把速度稍稍往上提了一些。以前如果在黄昏启程，天完全黑下来之前就能回到这里，可是这次我们明明提了速，回来却比平时还要晚。

这是第二件怪事。总的来说，这两件事真够怪的。"相见说。

"嗯，是有些怪异。"船帆点了点头。

"真的好奇怪啊，"相予抬头看了看四周，"话说回来，你们不觉得空调开得有些凉吗？从刚才坐下来开始我就一直感觉不舒服。"

"你这么一说，好像确实冷下来了。"船帆看了看温度计，"屋子里怎么会这么凉……关一会儿空调，你们都没意见吧？"

无言，这么短的时间内遇到了两件如此蹊跷的事情，换谁都会有些摸不着头脑。过了一会儿，许涵说："帆姐，你说我们应该怎么办？""嗯，既然大家都没什么主意，"船帆抬起头，"那就这样吧：今天大家好好休息一晚上，明天早上，相见、相予出去看看'船帆下'周围有没有明显的异常；我和相卉想想有什么是被我们忽略了的；许涵、船和，你们负责后勤保障。如果没意见，明天就这么行动吧。"

"你们先上去吧，我在镇上买了点东西忘在车里了，要出去拿一趟。"许涵说着，打开了"船帆下"的楼门。

"好，那咱们先走吧。""嗯。"

"哎哟！"船和在屋里听到许涵大叫，连忙开门察看，只见许涵裹着衣服拼了命地关上了大门，一下子扑到了船和的身上。

一楼的门口，许涵倒在地上不停地哆嗦，船帆、船和一脸茫然，"怎么了，外面有妖怪？""不，不是……外面……冷……"许涵哆哆嗦嗦地说。

"什么，外面怎么了……啧，怎么会这么冷？"

踏出门的一刹那，船帆便被一团冷气包围了。这种气息根本不是夏天应该有的，与其说是冷气，更像是深冬的死寂气息。

相见三人赶快挤进门里，船和关上了门。许涵裹上毯子安顿在沙发上，五人回到了桌子前。"这，这是怎么回事？""我刚一出去，感觉就像是冬天只穿了短袖短裤一样，太冷了，真的太冷了……"相见也在哆嗦。"我……我也是。"相卉点点头。

"活过来了。"许涵喝了几口红糖水，"仅仅是开了门就能感觉到那种寒冷，而且那种寒冷，很不正常。""按照这个程度，明天一准会下霜啊。"相见皱起了眉。"先别想了，今晚大家就睡在这儿吧，许涵、相卉，你们去我房间睡，相予、船和去船和房间，我和相见在沙发上凑合一晚上，如果有什么需要尽管来找我。""嗯，我们听你的。"

深夜。"呀，涵姐，你发烧了。"相卉摸了摸许涵的额头。"没事，可能是最近有点累着了。倒是相见，他也被冻了一下……千万别病了。"许涵晕晕乎乎地说。"别担心了，好好休息吧。""嗯。"

"见，你怎么还没睡，什么情况？""帆，我……不知道，最近总是觉得心好乱，不踏实。""想那么多干什么，你现在有了安稳的生活，喜欢的人陪在身边，还有丰富的娱乐活动，还在想些什么呢？"

"我只是觉得，来到这里以后，很多事情都好不真实，也不知道应该怎么做。这个问题我想了很久，却没有一个确切的答案。"

"不要想这些了，难道现在的生活不好吗？轻松，愉快，还有我陪着你……"她握住了相见的手。

"我知道，我知道……"相见叹了口气，"不想了。""嗯，我陪着你。"

三、风起雨落

许涵醒来已经很晚了。烧退了，她的精神好了很多。起身走到客厅，看到大家就像平常那样，在忙前忙后。

相卉坐在桌子旁，面前摆着一个巨大的水晶球，相予、船和在准备吃的，船帆在和相见说着什么。"涵姐，你怎么样了？"相卉问她。"谢谢关心，我没事了。相见昨天也冻着了，他怎么样了？""好着呢，放心吧。"船帆轻松地说。

今天又热了起来，就好像昨天晚上什么事也没有发生一样。饭后，相见、相予出去走了走，相见发现，地上有枯干的树叶，就像是在几秒之内被快速抽干了水分一样，这显然不正常。"船帆下"附近的树木也失去了往日的生命力，虽然外表看上去与平时无异，但是只要轻轻一碰，树皮就会大范围脱落。相见摸了摸那些树的树干，温度已经能说得上冰凉了。"真凉啊……这是怎么了？"相予摇摇头，"不知道。不过温度暂时正常了，是件好事，而且别处也没有什么怪异，咱们先回去吧。""嗯。"

回到一楼，相卉正在占卜着什么，船和坐在相卉对面，好像睡着了。"和，你们这是干什么呢？"船和没有回应，相予走过去想要拍她一下，被相见拉住，"别，先别出声，看看怎么回事。"

过了一会儿，船和睁开了眼睛。"怎么样，有什么感觉？"相卉问她。"好像，我进入了一个很奇幻的空间，然后就……有点想不起来了。""没事，一切都只是幻象而已，而且我看到的东西和你看到的一样，所以想不起来也没关系。"

"相卉，你们这是干什么呢？"相见走过去问。"啊，我想通过每个人的未来推算'船帆下'的未来，正好你们俩回来了，坐下吧，相见先来。"

"如果我们有搞不懂的事情，不如来问问它。"相卉说着，把那个大水晶球挪到了相见面前。"来，像我一样，把手放在上面。"

"然后呢，咦？相卉……"手放上去的一瞬间，相见从水晶球里面看到了不可思议的景象。无数五颜六色的光芒迸发出来，刺破了窗帘，将整个天空换了颜色。

相见只觉得身边的家具在一样一样消失，不自觉地站了起来。在寒意和一片白光中，他看到了一张蒙着白色桌布的桌子，上面摆着六块形状颜色各异的雨花石。

相见不自觉地走上前去，伸出了手，但是指尖每往前一点，彻骨的寒气便通过身体，将难以忍受的痛感猛烈地传向大脑，让他不得不向后退。突然间，一股巨大的寒流将他击倒在地，再站起来的时候，那些雨花石都蒙上了一层霜，变得朦胧起来。寒气渐渐加重了，雨花石出现了裂痕，一块接一块破碎……

"相见，相见，醒醒……""嗯……"

再次醒来，相见发现自己躺在沙发上，船帆坐在旁边。"哥，你终于醒了。"相予端着一杯水走了过来。"我好像做了一个很长的梦，梦见了……不行，头好疼。"挣扎了几下想坐起来，发现全身上下没有一点力气。

"那，那个，"是相卉的声音，"刚才你的手刚碰到水晶球你就晕了过去。先不要回忆了，休息一会儿。不过我看见了六块雨花石……""啊，是这样。"相见捂着头说，"然后，然后好冷，它们就碎了……后面的事情就没有什么印象了。"

"相见，你发烧了。你睡吧，昨天有点冻着了，加上刚才不知道看见什么受到了刺激。""那好吧，唉。"

之后的几天里，天气忽冷忽热的，有时早上热，但是还没到中午，气温就明显开始往下降，有时从早上冷到半夜，又一下子热了起来。"搞不懂，这个世界到底怎么了。"相见这样想。船帆走到他身边，说："相卉认为天气的异常可能跟你看到的景象有关。她说如果你回忆起了雨花石的颜色，或者破碎的顺序等细节就去告诉她，她正在研究我们每个人看到的东西。她说，唯独你的'梦'是模糊不清的，所以这件事很重要。""嗯，我尽量。"相见揉了揉额头。"暂时别想这些了，你现在需要休息。""好吧。希望无论结果如何，我们都能平平安安的。""不会有事的。"船帆的心情有些低落，相见说不清是因为什么。也许，只是因为她也害怕出什么事情吧。

过了一天，相见的状态好了一些，就把残存的记忆写在了纸上，等到吃饭的时候交给了相卉。"我看看……青、橙、黄、红、蓝、紫，从左到右摆放，破碎也是这个顺序，对吧？""嗯，是这样的。"相见点点头。"这次的情况有些诡异，不过我会尽全力的，请大家放心。我去研究一下，一有结果就马上通知你们。"

送走了相卉，五人围坐在一起。"有些话我很早就想说了，但是没有证据，一直不知道怎么开口，"相见缓缓地说，"既然事情已经这样了，我还是说出来跟大家讨论一下吧。我最初来到这里的时候看到大门上夹了一片树叶，它是绿色的，而我们在第二天对整栋楼进行了查看，发现这两年间没有人来过，对吧？""对。""所以，它是在船帆离开的时候被夹在那里的，两年了，为什么没有干枯？虽然很匪夷所思，但我那时并未在意。还有，我时常会做奇怪的梦：一个巨大的黑色空间，一个压抑的声音和我说话直到醒来，来到这里之后这个梦做得越来越频繁了。所以我认为，既然谁也不知道这次的异常会如何影响我们，那么在相卉得出结论之前我们需要做足准备了。"

"相见，你难道一直都在想这些？"船帆的脸上阴晴不定，语气也变得激动起来，"这里的生活难道不是你想要的吗，为什么还放不下？不愁吃穿，寂寞了有人陪，想去哪随时都能去，为什么还要……"

　　见状，许涵连忙打断她："好了好了，你们俩别争了。我觉得，异常是会在未来发生的，而且不知道它会带来什么，所以，我更关心的是相卉能不能及时分析出应对的方法，我们的时间不多。而且大家都清楚，这次异常非同以往，如果相卉没有成功，那么就只能靠我们五个了。所以我们应该听听大家的看法，没准能发现什么新的线索呢，对吧？总之，先放下矛盾，等这件事过去了再说，如何？""嗯。见，你接着说。"船帆平静了下来。

　　相见把所有自己疑惑的事情原原本本说了一遍，四人思考良久却毫无头绪。想来也是，但凡有点头绪，相见早就得出结论了。

四、混乱的黄昏

"姐姐！"船和拉长了声音叫道，"卉姐叫你上楼一趟。"

"怎么了这是，谁啊，吓我一跳……"相见正靠在沙发上打瞌睡，一下子就被惊醒了。"是我妹妹，说相卉叫我上去。"船帆边换衣服边说。"我跟你一起去，正好，我有事找她。""就是你昨天晚上说的那些？""嗯，我想听听她的看法。""好，我们走吧。"

"啊，你们来了，快请坐吧。"相卉把二人迎进来。"相卉，你叫我上来有什么事呢？"船帆把围巾解下来放在腿上。"是这样的，我为每个人都做了占卜，不过还有一点怎么也想不明白，所以我想再为你占卜一次。你就这样坐着，对，把两只手放在水晶球上，然后闭上眼睛，尝试记住看到的东西就可以了。相见哥找个地方坐，我们很快就好。""我明白了。"

一阵白光，接着一道黑影迅速冲了过来，船帆下意识地用手去挡，却被包裹在了一片黑暗中。"啊，这是什么……"她想说什么却说不出话。

相见站在旁边神经紧绷。相卉和船帆的手都在水晶球上，双目紧闭，脸上没有一丝表情，却逐渐蒙上了一层神秘的紫光。光芒逐渐强烈了起来，很快就充满了整个屋子。

"我，我，啊……"船帆嘴里吐出了几个含糊不清的字，表情突然变得很痛苦，原本紫色的屋子被二人身上的光晕照得黢黑。"紫色的光，变成了黑色，这种颜色是……红色？"相见意识到不对劲，拍了拍船帆的肩膀，想要唤醒她。

"我……不，不要……"船帆的额头渗出了密密的汗珠，眼睛紧闭。那束光突然汇集在了水晶球中，向四面八方折射出去，把屋子照得血红。

相卉一直很平静，至少表面看上去没有什么异样。

水晶球更红了，现在必须采取行动了。"帆，你快醒醒，帆！"相见强行把船帆的手从水晶球上拽了下来，光束消失了，屋子里安静得可怕，就好像刚才什么都没发生过一样。

船帆倒了下去，相见刚要去扶，相卉好像也失去意识滑到了地上。"许涵，能听见吗？许涵……"

所幸许涵正在楼道里装保温帘，马上就来了。二人跌跌撞撞地把她们背到了一楼。

"好晕，我这是怎么了……"船帆睁开眼，"见，现在是什么时候了？""已经半夜了，唉，你可算是醒了。"相见长出了一口气，转头对许涵说："帆醒了，相卉怎么样？""还没醒呢，相予他们在照顾她。"

把情况大概说了一下，船帆慢慢想起了什么，"我看见了一道白光，然后……然后是一片黑暗，很久以后才看到了别的东西。""能想起来具体是什么吗？"相见坐下来擦了擦她额头的汗。船帆摇摇头，"想不起来了。""嗯，不着急，想起来什么就告诉我。我去换条毛巾，很快就回来。"

"不，你别走……"船帆好像受到了什么刺激一般，用尽全力朝相见扑过去，然后又一次失去了意识。"帆……"许涵走过来，接过相见手里的毛巾，"她太累了，让她好好睡一觉吧。""好吧，我只是有些担心，不知道她是怎么了……"

"相见哥，涵姐，相卉醒了！"远处传来了船和的声音。"知道了！船和，相卉暂时得麻烦你们了，我得照顾你姐。""没事，我一会儿就过去帮你们。"

相见坐在船帆身旁，轻轻地握住了她的手，很凉，就像冰一样。她面无血色地缩在厚厚的被子里。过了一会儿，相见问许涵："现在外面的情况如何？""不怎么样，依然是那种不正常的冷，在楼道里就能感受到刺骨的寒气。""唉，我真想出去，但是这里实在是走不开。""你想出去啊，去干什么？""带帆去医院，她的状况很危险，我怕耽误下去会出什么问题。""是啊，"许涵摸了摸船帆的额头，"但是帆姐的状况一时半会应该不会有什么变化，你先休息吧。我这就去料理相卉那边，两个孩子忙活半天该歇会了。唉，真不知道这是怎么一回事，莫名其妙的。""嗯，麻烦你了。""没什么，我们是一家人，不要这么客气。"

"啊……我只看到了水晶球里映照出的东西。帆姐遇到了很痛苦的东西，我想用我的力量让她保持清醒，但是没能成功，我自己也晕了过去……船帆变成现在这个样子，我很抱歉……"相卉的声音很虚弱。"好啦，没事的。我们还要谢谢你救了她呢。"许涵轻轻地笑着，"等到你有精神了再说吧。这栋楼应该经得住这种莫名其妙的天气，不用担心。""啊，谢谢，我……""别说话了，好好恢复体力。"

"唉，话还没说完就睡着了。倒是不奇怪，她的声音听上去就很虚弱。"许涵回头看看相见那边，相见想尽了一切办法让船帆暖和起来，但是看他的表情，似乎并不顺利。

"相见，帆姐……她还冷吗？"许涵小声说。相见摇摇头，"情况不是很乐观，不过气色好一些了。你去休息吧，从中午到现在一直忙前忙后的，我照顾她就行。""那相卉怎么办？你一个人没有精力同时照顾两个人。"许涵困了，但她更担心相见的身体。"有相予他们帮我，放心吧，我相信很快就会好起来的。"

相见紧紧地握着船帆的手。曾经以为自己有无限的能力，可以解决一切问题，但是现在船帆倒在了自己面前，自己却无能为力，这让他有些失落。"我陪你说说话吧。"相见贴着她的耳朵轻轻地说。

天空中，太阳的红色光芒映照在船帆的脸上，就像外面的世界一样，微弱的热量洒在霜冻的大地上，只是浮现出了一点点红晕。

许涵已经睡着了，相予、船和也忙活了一天，大概也睡着了，相卉这时候肯定醒不了。"我说，你听着，好吗？"

"好什么，别吵了，还让不让人睡觉了……"船帆没有血色的嘴唇动了动。

"啊，你终于……""怎么了？"许涵被惊醒了。"许涵，帆终于醒了！"

上午，船帆醒了，相见把她扶起来坐下。"这是哪，我这是怎么了……"她明显气力不足，声音断断续续的。相见把这半天中发生的事情告诉了她。"啊，梦见大家在菲文路，背着书包一起吃东西，一起聊天，突然周围暗了下来，然后……你们一个接一个消失，我在害怕之余，一种莫名的执念一下子涌了上来，我失去了意识，直到听到了相见的声音……"

"我记住了，到时候相卉醒了我跟她说。""见，我好冷……"

"你们聊吧，我去做点饭，折腾得都没吃东西。"许涵转身去了厨房。

"我在呢，已经没事了，安心吧。""你不许走，发生什么也不许走！"

……

"饭来了，你们俩要不要……"许涵端着一大盘饭放在桌子上，看到相见和船帆盖着毯子缩在一起，船帆睡着了，而且呼吸很平稳。"这才对嘛。相见，你把这个喂给她喝，让她暖和起来，然后你也来吃点，这么久不吃东西身体会撑不住的。""你随便帮我拿点吧，我没什么胃口。""行，两片面包、两个鸡蛋、一片培根，够了吧？""嗯，谢谢。"

"这点哪够啊，你得多吃点。"船帆小声说，"我也饿了，来点好消化的。""啊，好的，这就去。""涵姐，我们俩要两片面包就够。"远处传来了相予的声音。"你们怎么醒了，是我们说话声音太大了吗？"许涵回过头，看见相予正披着毯子伸懒腰。"不是，是面包和培根的香味……饿了，嘿嘿。"

五、照亮未知的唯一火光

到了下午，相卉醒了，大家七手八脚地喂她吃了点东西，许涵简单跟她讲了讲这段时间发生的事情。"我明白了，接下来的事情就交给我吧，我一会儿就上去研究。""好，但是你的身体需要恢复，要不要休息几天？"许涵知道，相卉是大家最大的希望。"我没事，估计明天就可以告诉大家这是怎么一回事了。"相卉晃晃悠悠地站了起来，许涵赶快扶住她，"你现在还很虚弱，我建议你睡到晚上再回去。""那哪行，事态紧急，而且大家都在等着，我如果能早点分析出来，大家心里也就能踏实点了。""好吧，那我送你上去。"

"你真的没问题吗？别在乎这么一点时间，身体最重要。"许涵扶着相卉一步一步走上楼。"嗯，我没事，放心吧。""那，有事情一定要叫我们啊。""知道了，谢谢你们。"

许涵回到一楼，顺手给睡着的船和盖上一件大衣，"相卉那边的事情我们暂时就不用担心了。哎呀，帆姐终于能下地了，不错不错，晚上奖励一个煎鸡蛋。"

船帆浅浅地笑了笑，"我差不多已经恢复了，只是走路还得扶着点。对了，相卉还跟你说了什么别的事情吗？""没有，她只是说让我们不要担心。""怎么可能不担心啊……"

"不过，比起她那边，我们的事情可能更复杂一些。"许涵说，"现在这个状况很难去外面，所以我们要提前准备食物和应急用品，我打算趁着现在天气比较稳定出去一趟，把东西买齐了。""好。见，你们俩一块去吧。"船帆拍了拍相见。"不用，相见，你就在这里照顾帆姐。""那好吧，你一定要小心啊。"

许涵汽车的声音越来越远，相予、船和在睡觉。相见扶着船帆坐下，船帆叹了口气："唉，真是越来越混乱了。但是呢，我竟然有点喜欢上了这样的生活。虽然没办法出去活动，也会担心很多事情，但是大家都在一起，一个人有了困难其他人会一起想办法。除了身体有些难受以外还是很开心的，而且很享受、很幸福。"说到这里，她笑了。是啊，无论生活有多艰难，总是可以从中发现无数微小的幸福。

"也不知道这一切什么时候才能正常起来。"相见看了看外面，天空把天气阴晴不定的一面隐藏了起来，正向所有人展示着它温和的伪装。

"也许明天就好起来了呢？"船帆扶着相见走到餐桌前，拿起了许涵刚剥好的鸡蛋，把蛋白塞到了相见嘴里。"我们暂时没有事情可以做了，晚上你就好好陪我吧。""嗯，好好照顾你。"

"我回来了！相予弟弟起床了没有？过来帮我把好吃的放冰箱里。""涵姐，我饿了想吃面条！"船和听到声音迎了出来。"好，马上就来……"

与此同时，四楼。

"真的是'执念'吗？不应该啊，但是除了它还有什么能爆发这么强的能量……"相卉盯着发出强光的水晶球若有所思，"难道，它才是一切的根源吗？算了，先去找他们吧。"

"卉姐来了，快请坐，身体怎么样了？""谢谢大家关心，我已经没事了。我有一点新的发现想跟大家说说。"

六人围着水晶球坐下，相卉缓缓地说："我对'船帆下'的气息进行了探查，这里的力量失去了平衡，所以才会出现一系列的异常现象。而这种打破平衡的力量，我认为它叫作执念。"

"执念？"船帆有些惊讶。

"这个……我不敢完全肯定，只是感受到了一种异样的、不和谐的气息，就像平静水面上的涟漪一样。这种异常强大的力量无法与其他的力量相容，这才导致了现在的局面。问题是，我不知道要怎么做才能恢复到正常的状态。所以，如果咱们要做什么准备的话，我建议趁早。"

许涵站起来，"我刚才出去买东西的时候，感觉那条路又变长了一些。我不知道是不是错觉，但是目前事态紧急，我们又没有十拿九稳的办法，所以下一步的对策不能太过冒险。"

"你说，"船帆贴着相见的耳朵，"如果我们正在经历的事情只是一个故事或是一场梦，你觉得接下来会怎么发展？""我想想……楼塌了咱们被迫迁居，或者相卉解决了天气的问题，我们像往常一样生活，也有可能像奇幻小说那样，要'献祭'咱们当中的一个人……有很多种可能，可惜我们并不是活在故事中啊。""那，如果最后我们不得不离开这里，你觉得我们会搬到一个什么样的地方？"船帆平静地说。"大概是咱们之前的老房子吧，我觉得那里最好。"相见挠了挠头。

"那这里呢？"

"我很喜欢这里啊，等到一切都结束了再搬回来呗。"

"那我呢？"船帆一点一点向相见靠近。

"我……"

"二位，事情还没讨论完呢，你们俩收敛一点。"许涵拍了拍船帆，相予、船和偷偷笑了起来。许涵接着说："相卉，能说说你都看到了什么吗，我有点好奇。""好，我们来看看水晶球吧，我把所有人看到的幻象整合了一下储存在里面了。"

许涵起身把灯关上了，"相卉，这样的环境可以吗？""现在虽然不是夜间，不过室内很暗，应该没问题。"相卉不知道做了什么，水晶球突然亮了起来，向不同方向逆射出了不同颜色的光。"每个人看到的光束颜色不同，不过景象是一样的。"

相见的眼中又出现了那个景象，感觉自己的四周变成了青色，正处于一个虚幻的空间里，而不是坐在餐桌旁。这时，周围突然变成了一片漆黑。"不对，有问题。"相见绷紧了神经，竟然一下子醒了过来。环顾四周，大家好像睡着了一样，坐在那里，闭着眼睛一动不动。突然，水晶球的中心出现了裂痕，相见凑近了想仔细看看，却发现裂痕在一点点向外延伸。不好，相见下意识地抱起水晶球就往外面跑，无意中低头看了一眼，水晶球的光芒竟然在一瞬间消失了，再之后他便失去了意识……

相卉也感觉到了不对劲，但是还没来得及做出反应，就感觉到一阵钻心的痛，昏了过去。

四人缓缓醒过来，发现了晕倒的相卉，赶忙把它抬到了床上，又在离门口不远的地方找到了昏迷不醒的相见和破碎的水晶球。

好像感应到"船帆下"的防守力量弱了下去，天气一下子转阴了，很快，又一次下起了大雨。

船帆坐在昏迷的相见旁边，一直没有离开。她一遍一遍地回想着相见说过的那些他怀疑的事情，可是没有勇气顺着他的思路想下去。许涵一面安慰船帆，一面帮助船和照顾相卉。

六、撕碎时空的风花雪月

两天了，大雨还是没有给"船帆下"一个喘息的机会。相见醒了，相卉还在昏迷。船和担忧地对相见说："相见哥，卉姐怎么还没醒啊？""再等等，她很快就会醒了。""相见哥，这已经是你第十二次这么说了。"

"我能怎么办？"相见无奈地笑了起来，"放心吧，我相信一定不会出问题的。"

"你觉得相卉说的那些话可信吗？"船帆站起来，把手放在了相见肩膀上。相见醒了，她也就略微放松了一些，有心情去考虑这些事情了。"匪夷所思，但是不无道理。""而且，和你的观点在某些方面不谋而合。""是啊。"

相见的精神不是很好，昏昏沉沉地又睡了一天。再醒来时，迎接他的是鲜红的晚霞。

相卉也醒了，五人围坐在她的床前。相卉说："水晶球承载的东西太多了，而我是直接操控它的人，所以我才会昏迷。相见昏迷应该是因为离它太近，被能量波及了。"她的身体很虚弱。

聊了一会儿，船帆说："事已至此，大家对于现在的处境有什么好的建议吗？现在我们必须拿出一个方案了。"

"我……不知道。"相见说。

"我听帆姐的。"许涵说。

"我们也听帆姐的。"

"咳咳……"相卉说话有点费力。

"帆，你来决定吧。"相见看着她。

"我……"船帆有些犹豫，"这里是我的家，我舍不得离开。但是，现在的情况非常危险，如果离开这里以后不再有这样那样的异常，我们可以像之前那样生活，那么我会随时准备离开。大家一起生活了这么久，一起经历了很多事情，我早已把你们当作最亲近的人，希望无论结果如何我们都能在一起，都好好的，我再没有其他的奢求了。以上是我的想法。"

很久没有人说话。过了一会儿，许涵站了起来，"我相信不仅是帆姐，对于每一个人来说，离开这里都是件艰难的事情。我们在这里相聚，一起经历了很多永生难忘的事情，也一起创造了很多美好的回忆。但是目前情况大家都很清楚，谁也说不好下一秒会发生什么。我提议，我们先把比较重要的东西带到外面去，等到这里稳定了再回来。"船帆想了想，"有道理，这个主意很好。但是离开了这里，我们要住到哪去呢？""可以住咱们的老房子。各位，我有套老房子，是我们几个上学的时候住的。房子不小，住六个人应该绰绰有余。我们可以先在那里将就一下，等一切安定了再回来。"相见说。

最后大家一致决定，采用许涵的办法来度过这次危机。由许涵和相见开车，大家带上必要的生活用品，再装上最重要的东西，暂时到相见的老房子里住一段时间。

一夜很快就过去了，到了第二天中午，夏蝉竟开始叫了起来。"终于恢复正常了吗？"船帆很开心，"妹妹，今天天气不错，你一会儿和相予一起带着相卉出去走走，她太虚弱了，需要恢复体力。""好的姐姐，我这就去。""还有，把相见叫过来，我找他有事。""好。"天晴了，虽然因为下雨凉了很多，但是终于能出去走走了。

船帆和相见简单聊了聊离开之后的事情，许涵在楼上收拾行李，相予二人陪着相卉在外面散步，仿佛一切都回到了初夏一样，空气中充满了生机与希望。

到了傍晚也没出现什么异常，大家稍稍放松了下来。船帆和相见准备了一大桌子菜，六人在一起吃了这段时间最踏实的一餐。

晚上，相卉敲了敲许涵的房门，许涵探出了半个脑袋，"是相卉妹妹啊，怎么了，找我有事？进来说吧。""不了不了，不是什么大事，我就站在这儿说吧。""好，等我换双鞋。"许涵也走到了楼道里。"嗯。涵姐，你前几天出去的时候，发现了什么不对劲的地方吗？""要说不对劲啊……只有之前说的那个，感觉出入'船帆下'花的时间更长了。""那就和我想的一样。""你想到什么了？"

"我今天出去散步的时候，虽然天气很热，但是我隐隐感觉到，这种热的感觉很不对劲，有些压抑。可能天气依然是紊乱的状态，根本就没有恢复正常。所以你的这种感觉可能并不是错觉，这个地方应该正在发生一些变化。"

"你说的变化是指什么？"

"我认为'船帆下'正在被挤压，所以路变长了。这是我们之前就得出的结论，现在我可以断定，它们二者之间一定存在着某种联系。"

"挤压……难道这里是一个独立的空间吗？而且如果这里出现了这种变化，外面的世界会怎么样？"

"相见曾经说过，外面的绝大多数人都找不到这里，也看不到这条路，所以，这里的世界应该是和外面分开的独立空间。不过这一点有待考证。"

许涵没有说话。她怎么也不会想到，自己住了这么久的地方竟然有可能是另一个世界。

"相卉，我立刻去把大家集合起来，你把这个发现去和大家说说。""现在吗？""嗯，我这就下楼。""还是明天吧，这几天大家都提心吊胆的，今天天气好，大家难得睡个安稳觉。而且如果我的想法是真的，那么现在'船帆下'的波动还不算特别剧烈，不用这么着急。我回去再想想，你先别告诉他们。希望我的想法是错误的。""嗯。"

"我先上去了，在楼道里聊了这么久有些冷了。""嗯，快回去吧。"许涵听到四楼的门关上了，就转身回去睡觉。窗帘没有完全拉上，月光打在墙上，似乎有些雪花点般的杂质在其中涌动，即使是闭上眼睛，它还是能映在眼皮上，让许涵有些焦躁。起身去拉窗帘，无意中往外一看，睡意立刻一扫而空。

"竟然下雪了……"

"涵姐，涵姐，你睡了没有？"门外是相卉的声音。

许涵打开了门，"不睡了，走，我们立刻去找帆姐。"

一楼灯火通明。相见、相予早已到了一楼，相见正好要出门，"正好，我刚想去叫你们，你们就来了，外面……""下雪了，我们已经知道了。""冷不冷？帆拿了几条毯子出来，冷的话赶快披上。"相见把二人迎到了客厅里。"没事，先说事吧。"船帆在餐桌旁正襟危坐，相予、船和在一旁打盹。

"人已经到齐了，咱们长话短说。"船帆清了清嗓子，"以现在的情况来看，为了所有人的安全，咱们要尽快离开这里。""帆姐，相卉有新的发现。"许涵站起来，把刚刚二人讨论的内容简要说了说。船帆想了想说："这样一来整件事就更加清晰了，意思就是，这次异常的范围正在变大，我们需要赶快行动，对吧？总之，这里越来越危险了，我刚才和相见商量了一下，决定明天一早就走，如果再拖下去，大雪就要把路封住了，那时谁都出不去了。你们觉得呢？"

"嗯，我同意帆的看法。""我也同意。""帆姐说得很有道理，我同意。"

"好，那就这么决定了。大家回去赶快收拾东西，相见、许涵，你们俩明天开车，早点去发动，确保走的时候不会出故障，特别是相见。我和船和负责路上的补给，相予、相卉，你们俩去找一些保暖的衣物，相见家里比这边凉一些，到了那里以后可能会用到。大件的家具就别带了，把比较重要的小件物品带上就行了，又不是永远都不回来。各位，进了城以后，你们想睡多久都可以，但是现在，都打起精神来！我们平安度过了暴风雨，就一样可以平安度过这次变故。""对，无论是什么力量在摧毁'船帆下'，我们都要让它看看我们的勇气。""好了，如果大家没什么问题了，就行动起来吧，时间不等人。""好！"

七、走，我们一起回家

相见没有什么睡意，相予也没睡着。二人半躺在沙发上，享受在"船帆下"的最后时光。虽然没说什么话，也没有起身做些什么，但是时钟还是一分一秒地走着。快到吃早饭的时间了，相见摸了摸兜里的车钥匙，对相予说："予啊，咱们这两辆车，我带船帆和相卉在前面探路，你坐许涵的车，一定要保护好她们俩。""嗯，你就放心吧，我会尽全力保护她们的。"

"唉。"相见想起来活动一下腿，又停了下来。相予看了看他，"哥，你怎么了？""我没事，只是在想，我在这里度过的时光，到底是什么……我们真的在另一个世界里吗？""这……我觉得暂时不要想它了，我们应该先把手头上的事情办好，你说呢？""也对，"相见站了起来，"准备好了吗？我们要出发了。"

相见和许涵发动好了汽车，船帆四人从"船帆下"中迎着风雪走了出来。

"几位，最后看它一眼吧，不知道什么时候才能再回来了。"上车的前一刻，船帆说。"各位放宽心，我们回来只是时间问题，等回来的那一天，我亲自给大家做饭，好吗？"许涵把头探出车窗对大家笑笑。"天气很冷，大家赶快上车吧，其他的事等出去再说。"船帆带着相卉上了相见的车。
"许涵，我在前面带路，跟紧了千万别掉队，途中咱们电话
联系。""好，走吧。"

两辆车飞快地行驶在熟悉而又陌生的路上。"帆，你用
导航看看，咱们还要走多远？"副驾驶位上，船帆在导航屏
幕上点了好久，却一直没有信号。相卉从包里掏出了一个小
水晶球，"我昨天在收拾东西的时候发现了它，本来只是作
为摆件的，没准什么时候就能用上，我就把它带来了。"船
帆关上了导航。"不知道为什么，这条路对我来说有些陌生
了。"相见打开了远光灯，才勉强可以看清路。"一直在下雪，
又刮了这么大的风，认不出也是正常的。反正就这么一条路，
怎么都不会开到别的地方去。"船帆把大衣披在了身上，把
空调温度调高，"你慢慢开，我睡会儿。不知怎么了今天这
么困。""睡吧，今天起得太早了。相卉，你也睡会儿吧？""不
了，小水晶球有了一点反应，我再看看，没准能读出有用的
信息。"通过后视镜，相见看到水晶球慢慢发出了橙色的光。

"涵姐，前面的车怎么了？"船和看到相见的车窗透出
一丝橙色的光。"不知道，不过相见没联系我，而且车也没停，
应该没事。你们俩踏踏实实睡一觉，醒了就到地方了。""嗯。
现在怎么变成黄色了？"

"不行了，我好困。"相予的眼睛慢慢地闭上了。许
涵说："你们俩都睡会儿吧，放心，我现在是不可能睡着

的！""没事，我陪着涵姐，如果涵姐觉得无聊，我可以陪你聊天。"许涵笑了，"那好吧。"

"好奇怪啊，相见，我们前面只有一条路吗？"看起来相卉从小水晶球中读出了什么。"是啊，之前我们进出都是这一条路，你应该知道啊。""不不不，它说前面是个岔路口，有两条路，要走……"

相见的车慢慢停下了。往前看，虽然雪小了很多，但是能见度依然很低，只能看到一片雾气。相见跟许涵简单说明了一下情况，许涵也把车停了下来。"相卉，接下来怎么办？"相卉刚想说什么，就在这时，水晶球突然变成了红色。"继续向前开，还没到岔路呢。""好吧，我尽量开慢点。"

两辆车无声地行驶着。车上的电子表显示已经是上午了，但周围却越来越暗，许涵不得不缩小与前车的距离，以免掉队。"涵姐，我也困了……"船和揉了揉眼睛。"我说了嘛，你们只管安心睡觉，醒来的时候我们就到了，没准帆姐已经做好饭了呢。""嗯，那我睡了。"船和靠着熟睡的相予，也昏昏沉沉地睡着了。"唉，小孩子就是小孩子。"

前方的地面突然失去了颜色。大雾消散，大雪也消失了，四周只剩下一片虚空，不过很快又亮了起来。无数的颜色交织在一起，形成了各种形状的光斑，环绕在周围。"这不是……我梦中的场景吗？"相见震惊了。"没事的，继续开，这里是能正常走的。等几分钟颜色会发生改变，之后向左前方前进。"相卉自信地说。"那，现在是什么情况，怎么跟掉进了宇宙深处一样？"相见把脚重新放在了油门上。"仅凭这个小东西我什么也看不出来，暂时接着往前开吧，这个方向应该是对的，不过别下车，我怕有危险。""嗯，我这就通知许涵。电话就别挂了。"

这些光斑照得相见有些头晕，电话的另一端，许涵也不太舒服。"停下。"相卉突然说。车一下子停了下来。"怎么了？"许涵差点追尾。"相卉有新发现了，给我们一点时间。你盯着他们，一定不要让他们俩下车，当然了你也别下去。""放心吧，他们已经睡着了，我这边没问题的。"

周围无数的光点光斑突然汇聚成了巨大的光束，在这个空间里漫无目的地流动。这种视觉冲击让相见更加头晕目眩，闭着眼睛休息了好一会儿才缓过来。

光的流动被禁锢了，前方出现了几道不同颜色的光束，指示着不同的方向。在相卉的指挥下，车队向蓝色光的左前方快速驶去。

水晶球变成了浅蓝色，与周围环境的颜色一样。这时，"砰"的一声，许涵的车直接撞上了相见的后备厢，喇叭叫了起来，一直没有停下。

"许涵，许涵，你听得见吗？相予，相予？船和……后面这是怎么了？不好，许涵趴在方向盘上，好像晕过去了。"相见往后看了看，立刻解开了安全带要下车。"你要干什么？

危险！"相卉拉住了他。"你会开车吗？""我？不会。""他们三个现在没有回应，应该是出了什么事，我不能让他们留在那里。这样吧，我下去以后你把船帆叫醒，让她坐到后排去，你来前面帮我。这辆车最多坐五个人，得稍微挤一挤了。""你要干什么？""我要去把他们三个带回来。""要小心啊。""没事。"

八、最后一刻与最后的你

"地面"很平整，相见安全地走到了后车旁，"许涵，醒醒……予，相予，船和……"叫了几声，相见察觉出了一丝异样：他几乎贴到了他们的耳朵上，但他们竟然没有一点反应。

相卉也解开了安全带，趴在后座上看着相见把车门打开，一点一点把许涵拖出来。"帆姐，醒醒，后面，呃，出了点小事故，他们几个要过来挤一挤，麻烦你到后排来坐，好吗？"

相见用了十二分力气，才把许涵抱下车。打开自己车的后门，发现相卉在尽力让船帆坐起来。"相见，帆姐没有意识了。""啊？唉。这样，我先把许涵他们抬过来，你先试试能不能叫醒她。""好。"

把四个人勉强塞进了后排，相见又拿上了许涵的背包和一些吃的。本来想开许涵的车继续走，却发现发动机因为碰撞熄火了。它将永远留在这里，见证这个世界的结局。

"相卉，系好安全带，我们要走了。虽然没有叫醒他们，但至少把人带上了，出去之后咱们立刻带他们去医院。"相见的小车独自启程了。"他们都没有意识了，帆姐也是，这是为什么啊？"相卉紧张地攥着小水晶球。"如果你都不知道，我就更不知道了。""唉，希望他们快点醒来吧。"

小水晶球中璀璨的紫色光芒在二人眼中闪耀，好像回到了某个相见已渐渐淡忘的时代。此刻相见正聚精会神地开车，无暇多想；相卉在专心观察小水晶球的变化，也没有说话。

他们以前曾是亲密无间的好朋友，此刻，他们是最亲近的人，互相鼓励，互相陪伴，即使曾有无数的遗憾，在经历了这一切以后，也都会像林间的雾气一样，被风吹散。

"咳咳。""怎么了？"相见放慢了车速。"没事，我只是有一种不适感，好像空间被挤压得更严重了，这个变化比我预想的要早很多。""幸亏咱们出来得早，要不然指不定会变成什么样呢。""是啊，我感觉距离这个空间的边缘已经很近了。""那就好，马上就要开到外面了！""嗯！"相卉久违地笑了一下。

"很久没看见你笑了。"相见说。"啊？有吗？""是啊，从第一天认识你，你就一直是这个严肃的表情，要不然就是捂着嘴。""才不是呢，跟你们在一起我很开心，我只是不怎么会表现。相比之下，虽然不知道这么说合不合适，但是我能明显感觉到你的成长，你比以前成熟了很多呢。""唉，人总是要慢慢长大的嘛。"二人都笑了。

过了一会儿，相见说："唉，平时的生活太安逸了，面对这种突如其来的事件真有些措手不及。""嗯，不过安定下来也不错。""等一切都结束了，我们就有安定的生活了。""是啊，这段日子我真的很开心，我体验到了友情、信任、爱……很多。就算无法离开这里，和大家在一起直到生命的最后一刻，也感到无比的心安。""别太小看我了，我的车技可是很好的。"相见又笑了。

"哎哟！"汽车碾过了什么东西，二人被颠了一下。相见把车停了下来，相卉专心地看着水晶球。四周的景象始终没有改变，相见的眩晕感加剧。

"坏了，它变黑了。"相卉颤抖地说。"啊？这代表了什么？""虽然不知道具体是什么意思，但是一定不是什么好事。水晶球和我的交流已经断掉了。""那我们怎么办？要不我先继续往前开吧。"

周围突然暗了下来，那些光束一瞬间便消失不见了，取而代之的是无尽的黑暗。

借着车里的一些亮光，相见看见相卉手中的水晶球表面开始出现一道道裂痕，它们无限扩散着，就像那个大水晶球一样。

"砰！"

"怎么回事？"二人异口同声地说。

"它承受得太多了。这个空间的波动越来越剧烈，我又一直用它连接着这个空间，导致它无法负荷，就碎掉了。""既然是这样……是不是意味着，我们离出口很近了？""是个不错的想法。""那我觉得咱们应该继续往前开，你觉得呢？""嗯，反正也没有其他办法了。"相见回头看了看依然没有苏醒的四人，"即使我离不开这里，也要把你们送出去。"

相见想了很多，但是未知带来的黑暗实在是太大了，小小的车灯又能照亮多少呢？相见的手在抖。"聊会儿天吧，心里就不会那么害怕了。"相卉说。

"是啊，外面太黑了。""那聊点什么？""你有什么想聊的吗？""水晶球的使用方法你应该不感兴趣。""说实话，我最想知道的是这一切到底是怎么回事。"相见调高了暖风的温度，能明显地感觉到，车里的温度正在慢慢下降。

"我不知道。"

"是执念。你说过的，执念的力量很强大。"相见突然想明白了什么似的。"所以呢？""所以……这个空间既然与外界是分隔的，就说明……""我们每个人的执念，对它产生了根本性的撼动。""可是逻辑上说不通啊，我们已经得到了想要的生活，已经没有遗憾了，为什么还会有这么强的执念？"

相卉也不知道了。

"听会儿歌吧。"相见打开了车载播放器。"听什么？"相卉看了看屏幕。"听我们一起唱过的歌。""《送别》《大鱼》，还是……""为什么不都放一遍呢？"相见曾把所有菲文路合唱团选用过的歌曲刻在一张光盘上，放在了车上。今天正好用上了。时间很长，旅途艰辛，不如趁赶路的时候细细品味一下。

"路"变得颠簸起来，虽然相见把油门踩得越来越深，但是车速却越来越慢。相见更加确定，他们现在离出口已经越来越近了。终于，一切都要结束了。

九、新的希望

很久以后，相见正哼着歌，车头突然撞上了什么东西，停下了。

"哎哟，还好有安全气囊。"相见揉揉额头，看见相卉没事，后排四人也都没受伤，才放下心来。

下车看了看，前面好像有一堵看不见的墙，小车被迫停住了。"这应该就是边界了吧。"相卉感应到了什么，"如果车开不出去，那我们要怎么办啊？"

接下来要做什么？二人都没了主意，相见说："我想沿着它走，找到缺口就能出去了。""要是没找到呢？""那就接着找，实在不行我就沿着它走一圈，我还真不信它连个缺口都没有。""要是真的没有呢？""那就说明这个空间是封闭的。即便是这样，我也要想办法把你们带出去。许涵说得没错，我们早已是一家人。"说罢，他便摸索着向黑暗走去。

不知过了多久，相见竟然再一次看到了车里的光亮，"我怎么这么快就回来了……相卉，我离开了多长时间？""没多长时间，一顿饭的工夫。原来那么大的空间竟然已经缩小到了这种程度。"相卉咬了一口面包。"船帆他们还没醒吗？"相见透过后门的车窗看了看。"没有，一直都没有动静。"

"我突然有了一个奇怪的想法。"相见说，"既然已经出不去了，我们要不要掉个头回'船帆下'？""为什么？""因为'船帆下'是这一切的开始，即使我们谁也无法离开这里，也不至于在最后变得过于狼狈，我们现在的状态与走投无路无异，我很不喜欢这样的结局。""好吧。不过，我想先下车走走，坐久了竟然有些累了。"相卉下车简单活动了一下，在周围走了走。"相见，刚才车停下来是因为你踩了刹车吗？车前面什么也没有啊。""不可能啊，刚才是车撞到了什么才停下来的，我跟你说过的。""你过来看看，我的手，是不是能伸过去很远？""我试试。"

相见站在了车的另一边，向相同的方向试探性地伸出了手。伸出手的一瞬间，相见便感觉到一股强大的力量把他向后推。相卉的手能伸出去，而相见又一次感受到了"墙"的阻力。

"我明白了，原来是这样……"相见愣了一秒，抓住相卉的手，直接把她推进了驾驶位。"安全带系好，然后脚底下左边是刹车右边是油门，右手边挂挡，这个你应该会，自己调一下座椅，然后左手边调灯光……"

"等等，你要干什么？"相卉吓了一跳。"你还没发现吗？这个空间有意把我留下，我走到哪，边界就会蔓延到哪。没有我，你们兴许能出去。这里可能本来没有类似于边界的东西，只是因为我靠近了，这辆车才会被拦下。""这不可能，而且，我，我们五个，怎么可以抛下你……""先别考虑这么多了，现在这个情况，走得越晚越危险。老房子的地址在导航的搜索记录里，我做了特殊标注，等到有了信号就能看到了，不是很远。出去以后如果许涵醒过来了，你就让她开车。走吧，带上他们四个，快走。无论发生了什么，都不要停下来。"

"那……我走了？"

"嗯，带着他们，快离开这里吧。祝你们一路平安。"

小车轻盈地跃过了边界，之后的情况相见就不知道了，因为他的四周只剩下黑暗，无穷无尽的黑暗。他索性坐了下来，把刚才发生的事情从头到尾想了一遍。"还是想不通啊……"

最后看了一眼相卉他们离去的方向，心中再无挂碍，相见缓缓闭上了眼睛。他感受到了一种强大的压迫感从四面八方向他袭来，整个人就好像被包裹在了厚厚的绒布中，闷热而且难以呼吸。很快，他连续经历了几次失重，但是发不出任何声音。最后，失重感消失了，他全身麻木地躺在了地上。

他多希望这只是一场噩梦，醒来的时候自己在"船帆下"的地板上，爬起来拍拍土，换身衣服叫上相予去一楼吃早饭，再和大家一起规划接下来一起去哪玩……可是他艰难地睁开眼，只有一片模糊的黑暗。他无法站起来，也看不清远处的东西，虽然可能本来就什么都没有。

过了很久很久，相见摇摇晃晃地站了起来。黑色的未知空间，边界有淡淡的光……我还活着吗，我怎么回到这个地方了？

"你到底……是谁……"相见的声音可以用有气无力来形容。

没有人回答。

"我的生命你可以拿去，但是……他们五个……你要让他们回家……好吗……"

"他们？他们已经回去了，这个你放心。"依然是那个熟悉的声音。经历了那么多，此时此刻，这个声音也让相见觉得格外亲切。

"啊……"相见一阵头晕，失去了意识……

十、？？？

　　为什么醒来以后会感觉这么累？虽然床不大，但也不至于从床上掉下来吧？不过闹铃响了，再困也得去上学，迟到了就不好了。我感觉做了很一个奇怪的梦，但是想不起具体内容了，回想的时候竟然会有些头痛。算了，与其绞尽脑汁地回忆梦的内容，不如想想放学去吃点什么加餐。

　　这几天发生的事情很闹心，我才高二啊，为什么要学这么多东西。看起来高中生活我还是有些不适应啊，每天都觉得好累好累……师傅，我去菲文路中学，麻烦您开快点，我要迟到了……

　　刚才说到哪了？想起来了，那我接着往下说吧。今天是周五，很开心，不仅是因为接下来的周末可以睡个懒觉，还因为晚上有合唱团的排练。合唱团是一个神奇的组织，在我身心俱疲的时候能治愈我的内心。排练老师也是我的音乐老师，帮我改掉了我的很多毛病，简直可以说让我重获新生……总之就是很喜欢啦。下午要提前收拾书包，千万别迟到！我们班还有几位同学也在合唱团：我的后桌航宇、我的右桌许涵，还有很多。航宇很帅，听说他以后可能要到别的地方发展。

　　最后一节是化学课，化学老师讲得依然很催眠。什么，讲重点？累了一天，先睡觉，知识点回家再学嘛，又不欠这一会儿。

好啦，我要去音乐教室了，咱们下次再聊。最后一个问题？好吧你快说，我赶时间。啊，你问夏末的清晨会不会下霜？怎么可能嘛，地理课我可是好好听了哦，欢迎找我补课，我很热心的。

这样的生活，真想一直过下去啊。但是我也明白，要是永远重复过某一天或某段时光，那它就不再珍贵了，谁会眷恋无尽且重复的东西呢？

总之，还是想快点长大，做很多以前不能做的事情。

我走啦，又是正常无比、平平无奇的一天。

难道不是吗？

第五章

我们永远不分离

一、雨

几声闷雷划过城市的上空，雨虽然很不情愿，但还是淅淅沥沥地下了起来。我静静地趴在桌子上，盘算着周末出去玩点什么。大学的生活是无聊且累人的，不过还好有朋友的陪伴。

回家的路好长好长，十几站地铁？几十站公交车？都很难准确描述。最终还是选择叫出租车，虽然贵一些，但是可以美美地睡上一会儿。叫了车，我拿出手机给我妈打电话说我已经往回走了，顺便给老同学许婷发了几条消息。

许婷是我的高中同学，虽然我们俩不在同一个班，但是关系非常好。高二的时候，一个奇妙的机会，我们两个认识了，友谊从那时起持续到现在，也将贯穿我们的一生。

"你这几年还能不能找到对象？"我发给她。"你还好意思说我？"她给我回了条语音，"什么时候把你那个绝交了的学妹，叫什么来着？对，相卉，什么时候你们俩能和好了再'担心'我吧。该说不说，我觉得你们俩挺配的。"她知道我只是说着玩，我也知道她是在开玩笑，这就是友谊孕育出的默契。

相卉是我高二那年认识的朋友，可是那时的我还不明白应该如何与人相处，所以在那年的冬天我们绝交了。因为这件事许婷笑话了我好久。

随便聊了几句，出租车就到了。司机说："先生您好，抱歉让您久等了，快上车吧。"我上了车，无意中瞟了一眼时间，"现在是傍晚，这下到家至少得到半夜了。"

车上播放着我最喜欢的广播节目。这个节目我从很久以前就开始听了，无论是内容、主持人，还是播出时间的变化，我都能说出一二。这个节目叫作"娱乐大提问"，两位主持人的笑声在车里回荡。这两位主持人从节目建立之初就开始主持，声音与十年前相比明显变老了。岁月不饶人啊。这档节目的内容主要是读一些听众发布在网上的问题，然后主持人会以奇特的角度作出回答，是一档搞笑类的节目。

司机从起步之后便一言不发，尽管广播节目快让我笑出眼泪了，但是通过挡风玻璃的反光，我看到他的脸上没有一丝表情。

夜色降临，城乡快速路上的车不是很多，车也快而平稳地行驶着。突然，司机开始加速，窗外的灯光逐渐模糊起来，甚至看不清了。按理说这家出租车公司很正规，司机应该不会超速吧？我这样想。

"哈哈哈……好的，我们来接听下一位听众的问题。这一条是来自热心听众'夜雪无声'的留言。他说，主播如果回到了最美好的时光，会做些什么呢？""我想想，要说到'最美好的时光'，大概就是……"信号断了，随后传来了一阵电流的杂音。

按我的经验，这种情况应该是信号不好导致的，重启一下收音机就没事了，如果不行的话也可以换个节目。因为这个地方有些偏僻，信号不好也在意料之内。但是司机好像没有察觉到一样，什么也没有说，也没有去调整收音机。

也罢，即使没有广播，我也无所谓。掏出耳机，打开音乐软件，手机自动播放起了我最喜欢的歌。"真好，歌曲是描述秋天的，现在快到年底了，但不是很冷，应该算得上是深秋，真应景啊。"想着想着，我昏昏沉沉地睡着了。

……

"同学，同学，醒醒，到地方了。"半睡半醒间，我被一个声音叫醒了。

"啊？"我睁眼看了看，阳光打在树上，只有几束微光照在我身上。"哦哦好的，我这就下车。"好困……我伸手摸了摸盖在身上的羽绒服。奇怪，我怎么穿着短袖？还有，为什么我的高中校服外套在我身旁？

"唉，要我说，现在的孩子可真辛苦，在路上都能睡一觉。"司机说。我这才发现司机换人了，竟变成了一位老大爷。"没事，别着急，已经给你把表停了，你慢慢收拾。"出租车还在打表计费？我叫的车明明是网上计费啊。"师傅，这是哪？""这是菲文路啊，你自己要求停在公交站边上的，这都不记得了？"大爷不可思议地看着我，随即打趣道，"你这是学习学傻了吧。"

一脸茫然地下了车，身边都是行色匆匆的学生。"我家也不住这里啊？"低头看了看，咦，我装换洗衣服的那个袋子怎么没了，不会落在车上了吧？正在思考的时候，突然有个人拍了拍我的肩膀，"看什么呢，不知道快迟到了？""你是……啊，你是不是许婷？"很难以置信，但是她就是出现在了我的面前，好像年轻了几岁，"你周末不是不回家吗？还有你怎么穿了这么一身……怀旧风的衣服？""什么？我要是半天不回家我妈就得削我了，还有，咱们上学不是本来就要穿校服吗，你不也穿着呢？你该不是昨天晚上看不该看的东西脑子坏了吧。先别管这些了，还有五分钟就迟到了，还不快跑！"

我一脸茫然地跟着她跑了起来，经过了无数个熟悉的地方。回忆在脑中涌现，竟与眼前的景物一一对应了起来。原来，这里是我的高中：菲文路中学。那么，现在应该是上大学几年以前的事情，可是，为什么我突然来到这里了，还是以这样一个身份……

"相见，你差点就迟到了。"班主任从一堆卷子上抬起头，一字一顿地说，"快把作业交了，一会儿去请历史老师上早读。"坐下来喘口气，"啊？我还是课代表？"

翻出练习册发现有几道题还没写，凑凑合合填上答案，匆匆忙忙交了作业。在对全年级最严厉的老师、年级组长历史老师作了一番简单的"工作汇报"后，总算正式开始了一天的课程。我按照我的记忆，体育课自由活动之后径直去找了许婷。许婷正和她的好朋友在操场上散步。"哟，这不是见哥吗，两日不见甚是想念。"这是她们的日常问候方式。"不是我说，你早上到底是怎么回事，下个车还看半天？"许婷问我。"我……这个东西我单独跟你说。"我拉着许婷一路狂奔。"你要干什么？""是这样，"我们在操场旁的大树下坐好，"我今天是偶然间回来了……""嗯？"许婷一脑袋问号。"不，我本来是在大学……还是这么说吧，来到这里之前我在从大学回家的路上，在出租车上我还给你发了消息，你给我回了语音……""你这脑子是真坏了吧？咱们刚高二。""这个我知道，但是现在就是这么个情况……""不是，你是历史作业没交被批评了还是怎么的，今天怎么这么不正常？""不是我不正常，而是那个司机……对，一定是那个司机！他给我送回来了。""你是说……"许婷依旧是一脸的问号。

"脑子有问题吧……下课了，我先走了，晚上见。"许婷的声音被下课的铃声掩盖了，只有我的好心情和奇怪的笑声在空中飘荡。

二、记忆的结晶

音乐课和体育课一样，也是所有人都喜欢的课。记得那时，无论是音乐老师、音乐课，还是放学后的合唱团，都给我留下了无数的感动。闻到过堂风中掺杂着被暖气微烤的木质柜子的味道，竟一时愣在原地不知所措，不敢相信这一切是真的。要是在这个时候流下眼泪，被别人看到了，他们又会怎么想呢？还在思考的时候，音乐老师熟悉的声音轻轻地在我耳边响起："相见，你在那愣什么神呢，还不进来干活？一会儿该上课了。""哦，来了。"我和老师的关系很好，所以我经常帮她做一些课前准备。

赶快进教室，按照记忆中的位置摆放椅子，虽然工作量有点大，不过还是在上课之前忙完了。依稀记得自己坐在第一排最左边，看了看座位表，果然如此。我想：如果只是一场梦，未免也太真实了吧？我不过就在车上睡了一会儿，就算是想给我惊喜，这也玩得太大了。"五味杂陈"都不足以概括我的心情。

走在回家的路上，跟着几个朋友一起走向地铁站，我用记忆中当年比较流行的话题和他们聊天，他们竟然没有察觉出异样。

回到家，我的小黄猫出来迎接我。等等，这不对啊。"老妈，咱家这猫怎么变得这么小了，我上次去学校之前还十几斤呢。"小猫卧在我的脚边喵喵叫。它是我妈有一次偶然经过宠物店看见的，抱回来的时候连一斤都不到，也就刚能睁开眼睛吧。我抱着它回家，它也就跟我比较亲近了，每次回家都会出来迎接我。

"什么玩意？"我妈在厨房一边切菜一边说，"它刚几个月啊，你就想让它长十几斤？还有你说什么，上次去学校？真不知道一天天地在想什么。赶快换衣服，排骨过会儿就凉了。"

吃完晚饭，我装模作样地摊开作业本，打开手机给许婷发消息：你得信我，今天真的很不正常。过了一会儿，许婷回我：你不是一直都这么不正常？

我：我本来应该在上大学，今天是周五，我要回家。

许婷：你又在瞎想什么啊？

我：我的羽绒服丢了，身份证和学生卡都在羽绒服里装着呢。

许婷：羽绒服？这刚秋天，还挺热的呢，穿那玩意你也不怕中暑。再说，学生卡又是什么，咱们学校什么时候发过这个？

我现在应该是回到了几年前的某一天，而且我的记忆与目前的生活格格不入。所以这些只有我一个人知道的事情，还是不要对别人提起比较好。

许婷：算了。你别忘了背历史，明天要默写的。

我：我知道了。

许婷：你……今天真的好奇怪，虽然不知道你身上发生了什么，但还是建议你早点睡觉。

我：我尽量吧。祝你早点写完作业。

许婷：我留一点明天早上写。

我：好吧。

在作业本上随便写了几笔，我拿出日历，根据记忆标记了最近需要注意的几件事：过几天有期中考试，年底合唱团有演出，明年年初有期末考试……确认无误，便忙起了高二学生应该忙的事情。

这时候，手机响了。

是许婷的信息：话说你跟船帆，聊得怎么样了？

许婷当年介绍我和她认识，可能是觉得我们俩的性格比较像。

我：也就那样呗。

许婷：你行不行啊？这都快年底了。

这段经历对我们来说都很痛苦，影响也持续了很长一段时间。既然我已经知道结果了，干脆把生活过得轻松一点吧。重新抉择，她开心我也开心，多好。

于是我说：就这样吧。

许婷：你的事情自己看着办。想让我帮你什么你尽管说啊，千万别客气。

我：先这样吧。

聊天结束了，我们的聊天总是这样草率地中止，直到谁有了下一个话题。

这个晚上我想了很多。这里是哪，我是谁，这是我过去的世界吗，有可能只是一个很相似的地方，或者……仅仅是一个梦？

无论怎样，我都要好好度过这段时光。它太珍贵了，曾经经历的无数个黑夜，从来都没有过这么快乐且令人感动的梦境，一定要好好珍惜。总之先睡觉吧，万一睡着以后就梦醒了呢？谁也说不准。

睡吧，睡吧……

黑色的空间，只有几束微弱的光照出这个空间的轮廓，借着光，我只能看清身边的东西。这个空间是一个方形的……等等，重点在于，这是哪，我怎么会在这里……

"你来了？"

"我的妈，是谁在说话？"我被吓了一跳。这是一个无比阴冷的声音，我从来没有听过这么诡异的声音。

"你把我忘了？哦，这也难怪。你知不知道，你给我带来了多大的麻烦？"

"可，可是我不认识你啊……"我有些不知所措。

"这已经不重要了，过去的事情就让它过去吧，我们不再提它了。你现在感觉怎么样？"

"我……你能先告诉我你是谁吗？"这种情况下我不可能放下戒心，频繁地看向四周，可是除了无边的黑暗什么也没有。这个场景有些似曾相识，但是从目前来看，这种似曾相识的感觉毫无依据。

"你认识我，但是，我现在还不能告诉你我的名字，等以后吧。我已经回答了你的问题，现在该你了。"

"那好吧，我这一天感觉很熟悉、很开心，也很感动。"

"嗯，这样最好。"

"我能问个问题吗？"我必须趁着这个机会得到关键的信息。

"只有一个？可以。不过，你要想清楚问什么。"

"这里是哪？"

那个声音沉默了。"这个问题也不能问吗？""你觉得呢？算了，反正早晚都是要告诉你的。你可以叫它'思忆殿'。"

"我……问完了，现在只想知道怎么离开这里。""如果你不问别的了，我立刻带你离开。""我说过我只问一个问题。""嗯？"他毫无感情地笑了一下，"难得有人在这种情况下能给我留下好印象。那，醒来吧……"

三、跳动的生命

"相见，该醒醒了，最后一天了坚持坚持，明天就能睡懒觉了。"半睡半醒之间，我被我妈用熟悉的方式叫醒了。

草草吃完早饭，我便跑出家门冲向学校，今天别再卡着点到了。匆匆忙忙跑进地铁，手机信号比较差，而且许婷也在路上不便聊天，我就随便翻了翻我的手机相册。突然，我想起了昨天晚上做的那个梦，可是怎么也想不出个所以然。出了地铁站，用手机搜索"思忆殿"，也没有找到任何有用的信息。我想了很久也没想明白那个梦是怎么回事。

下午放学之后，就到了我最喜欢的合唱团排练时间。来到熟悉的屋子，拿好熟悉的乐谱，一切熟悉得让人愉悦，且安心。

简单的发声练习以后，我打开了谱子。还是熟悉的内容，熟悉的旋律。

长亭外

古道边

芳草碧连天

问君此去几时来

来时草徘徊

……

"……莫徘徊。""咱们从开头再来一遍。"老师给了伴奏老师一个手势，我们又从头唱了一遍。

闷热的教室只有两扇小窗户，加上今天本来就热，大家不免有些急躁，一遍遍机械地唱着，任凭"流动起来"，"有感情地唱"这样的话语飘荡在耳边。

排练中间有几分钟的休息时间。我想去厕所给许婷发消息，在路上碰到了团长。我们俩的关系非常铁，从高一军训那会儿的国旗班一路摸爬滚打走过来，到现在一起在合唱团的男高声部，虽然平时上课不在一个班，但是体育课或者课间碰见还是会相互闹闹的。"哥们，我……"我先开口了，却什么也说不出来。一方面是因为我对他的记忆已经很模糊了，忘记了曾经有过什么共同话题；另一方面，我也不知道现在这个情况应该说什么。"哎哟，兄弟，你今天是怎么了？"他突然用力拍了一下我的肩膀，笑着说，"以前你话挺多的，怎么，今天挨扁了，还是嘴的租期到了？""没有，我就是，我，"我语无伦次地说，"只觉得这一切好不现实。"他踹了我一脚，"疼吗，疼就是你没成神经病来这边梦游。"我们都笑了。不错，我们俩相处的时候就是这种感觉。

休息的时间不是很长，我回到了音乐教室。放学再给许婷发消息吧。还有，如果晚上又去了那个地方，就好好问问那个声音，这到底是怎么回事。而且，一时半会我是无法摆脱这个局面的，我都得赶紧适应这样的生活。再说，这不正是我所期盼的吗？我这样想。

虽然有很多的问题没有答案，但我还是放松了下来，认真参与排练。"我，真的，回来了！"不知道为什么，我竟然有了一种重生的感觉，强迫我忽略心中的疑问沉迷其中。

菲文路中学的各个社团到高三就没有排练或是其他活动了，我最多只能享受不到一年的社团时光了。其实不仅是排练，人生不也是越来越短吗？好好享受每一秒，就不会留下遗憾了。

到家了，迎接我的依然是小黄猫和我妈在厨房切菜的声音。小猫围着我喵喵叫，我也俯身摸了摸它的小脑袋。事情都忙完了我就赶快去找许婷。浅聊了一会儿后，我小心翼翼地问："你还记得昨天咱们都干了什么吗？"

许婷："嗯？这你都忘了？咱们几个一起去的地铁站，你还躲了半天船帆。"

我："我没什么印象了，我感觉这几天自己好奇怪。"

许婷："看出来了。"

我："不是躲船帆奇怪，是我会忘记很多事，然后……怎么说呢，脑子里会出现一些很怪的念头。"

许婷："我去，你不会真穿越了吧？"

我："你相信我吗？"

许婷："你还别说，我前几天看网络小说还真有这种类型的，我还觉得挺新鲜。既然这样，我倒是想听听，后来航宇怎么样了？"

航宇是许婷一直偷偷喜欢着的男生，虽然因为各种原因他们没能如愿在一起，但她一直没有忘记他。航宇是一个有趣的男生，坐我后桌。他和团长一样，也是我入学后最先认识的朋友。

我犹豫了许久，不知道要不要告诉她。她对这件事一直很重视，不过我还是决定说实话。

我："很不幸，最后你们俩不再频繁联系了。"

她沉默了很久。

许婷："我就知道，我就知道……不过没关系，这和我想的一样，打击不到我。"

我："那就好，不过现在，我需要你的帮助。"

许婷："看在是你的分上，我就陪你玩玩穿越游戏吧。"

我："那我是不是还得谢谢你？"

许婷："谢就算了。这样，你先给我讲讲，我以后都会发生什么事情。"

我把这几年在她身上发生的大事小事挑了几件比较重要的告诉了她。我的记忆总是这么神奇，最近学过的东西一个字也不会背，而几年前发生的小事却记得一清二楚。我觉得，我们之间的友谊虽然已经很深厚了，但是有些东西还是不要告诉她为好。

她也笑着听完了这些"故事"，跟我说她会小心的。我知道她只是当故事听，实际上她一句也不会信的。

四、旅途

"你知道吗？人生就像是一场旅行，会经历很多事，遇见很多人。"昏沉之间，一个暗淡而又清晰的声音在我耳边响起。

"你在旅途中见到的风景，无论是什么，相信你都能把它们收藏进你的记忆中。对吧，相见？"

我慢慢从床上爬起来，发现身边不再是熟悉的卧室，我又回到了那个"思忆殿"。身前不知多远，有一个人影。他的轮廓在微微发光，声音也是从那个方向传出来的。

"你是哪位？"我缓缓问道。

"你上次问过我是谁，今天我就让你看看吧。"还是那个阴冷的声音。"可是，我不仅想看到你的身影，还想知道你的名字啊。""名字？""是啊，怎么了吗？""名字不重要。你不需要知道太多，把你希望做的事情做完便好。""那我今天能问几个问题？""如果你问的都是这些，恐怕我一个都无法为你解答。不过你需要知道的，我一定会告诉你。"

我简单想了想："我为什么会来到这里？""我感受到了你某种强烈的情绪，这让我注意到了你。通过观察，我觉得你的内心世界很有趣。所以，我就把你叫过来了。"我顺着这个话题问："你想从我身上得到什么？""什么也不想。""人做事总是有目的、有原因的，总不可能平白无故地生出一个想法吧？""那就这么说吧，只是因为一句戏言而已。""什么戏言？""无可奉告。"

看起来这个话题是问到头了。"那，未来会如何发展？""未来掌握在你自己的手中。""我……每次睡觉的时候都会来到这里吗？""这取决于我能从你的内心中看到什么。有了太多疑惑，以至于无法正常生活，或者你想主动来找我，我自然会把你带过来。你放心，你在这里的时候，不会有任何的异常，所以不用担心会影响你的正常生活。""是这样啊，那为什么……""好了，你知道了这里是哪里，你为什么来，就够了，其他的不是你现在应该关心的。回去吧，享受这来之不易的机会吧，这里，可不是每个人都能来的。我们每天都会说很多话，也会做很多事，谁知道哪个不经意间萌生的念头就变成了现实呢？"

虽然我很疑惑，但他并没有给我继续发问的机会，意识再度模糊起来……

"让你早点睡吧，你不听，再不起上课该迟到了！""老妈，我再睡会儿……"

又是匆匆忙忙的一天。虽然不知道一天下来能有什么收获，但每时每刻都有事情需要做。无论是之前在大学的时候，还是现在的不知名时空中，都是如此。旅途，人生的确是一场旅途。从平坦的草原到崎岖的高山，再到泥泞的小道，人的一生中不知要路过多少风景。无论平坦还是坎坷，都是重要的人生经历，帮助我们长大，并在心中留下烙印。

这样的日子不知道过了多久，我对这种高强度的生活也麻木了。要做的事情太多了，没有多少精力分心去想其他的事情，或是聚焦于过去的疑问。而且，我一直想要的不就是这种生活吗？这不是正合我意吗，为什么还要想那么多？这里真的太幸福了。不由得想起了一句话：此间乐，不思蜀。也许说的就是这种感觉吧。

天气渐渐凉了下来。走在回家的路上，飘落的树叶偶尔会轻轻落在头上。生活真的像以前那样，每天都有新的盼头、新的希望，虽然，它们最终可能无法实现，但是追寻的过程必然会成为一段难以忘怀的人生经历，永远镌刻在心间。

快到年底了，有一天翻着新闻，无意中看到一条流星雨的消息，几家媒体会直播几天后的一场异常盛大的流星雨。据说，这种规模的流星雨几百年才能看到一次。我赶快去找许婷：看新闻了吗，过几天会有一场很大的流星雨。

许婷：啊？我还不知道，到时候我关注一下。

几天的时光在无限重复的生活中一转眼就过去了。

许婷：你别忘了今天看直播。

我：什么直播？

许婷：流星雨啊，这还是你跟我说的，怎么自己都忘了？

我：太忙了。

许婷：你还忙……就你最闲。话说回来，你想许什么愿望？

我：不知道，但我知道你想许什么。

许婷：这些以后再说，流星雨来了，快许愿！

我默默地想：如果真的有神仙能实现我的愿望，那就让我永远留在这里吧，再大的代价我也愿意承担。

几分钟后。

许婷：不知道能不能实现啊……

我暗暗想：心灵寄托而已，何必当真呢？

我说：希望吧。

这件事就这样过去了。生活中总会有这样那样的小插曲，可以短暂驻足休憩，不过人生中不可能只有风平浪静。调整好状态，赶在热情消退之前再与生活的狂风骤雨搏斗一番，这才是人生该有的样子啊。

五、小小的心愿

之前的某天，大学里。

"我想要回到过去。"

"我也想。"

隔着屏幕，我和许婷谈论这方面的内容已经不是一两次了。

看了看时间，已经到凌晨了，月亮升得很高。

"还是因为航宇而遗憾吗？"我问她。

"嗯，有一点吧。"

"有些事情，过去了就是过去了。"心情有些沉重，不仅是她，我对过去生活的感情何尝不是如此。"我知道已经回不去了。只是，想再看一眼，一眼就好。""嗯……"沉默良久，许婷说："明天就要跨年了。""是啊，不知不觉，来到大学已经这么久了。""挺想你们的，什么时候咱们几个出来聚一聚？""我也想啊，等以后没这么忙的时候再找机会吧，现在事情太多了。""好吧。话说，你暑假是不是回高中看望老师了，都有谁跟你一起去了？"毕业后的那个暑假，我约了一个同学一起去菲文路中学看望老师，不过她临时有事没能赶过来。"是，我自己去的。""我也想回去，但是没有合适的时间。""是啊，现在很少有时间到处转转了。本来以为上了大学会轻松些，没想到比以前还累。""而且想见的人好多都离开了，再也见不到了。你比我强多了，至少你还有念想，我真的什么都没有了。"

我不知道应该怎么安慰她，虽然我的生活一团糟，可是至少没有"永远见不到"的情况。"虽然你们一直在八卦，但是我和相卉本来就不可能走到一起去，我们之间差得太多了。"她说："我不也是。"虽然只能看到文字，但是这么多年的默契告诉我，她在苦笑。

"我想回到高中，愿意永远停留在那段时间里不再离开。"许婷说。

"我也想。最近发生了许多不顺心的事情，突然感觉，即便那时再苦再累，那种美好也是现在的任何事情都比不上的。"

"不早了，早点睡吧，"她说，"愿我们永远活在过去。晚安。"

"嗯，永远活在过去。晚安。"

醒来的时候外面正在下雪。伴着新年前一天的大雪，我撑着伞收拾东西准备回家。老爸早已在大学门口停好车等着我。窗户微微打开了一条缝，将新鲜的、夹杂雪的味道的空气放进来，迎着风雪我睡着了。

晚上。

"没睡着吧？"许婷给我发消息。

"还没跨年呢，我当然不会睡。"

"那就好，我怕你到时候错过许愿。"

"熬夜这方面我知道比不过你。"我说，"今晚要许什么愿？"

"你不是知道吗？这么多年了，我的愿望从未改变。"

"还记得高二那年，我们一起看的那场流星雨吗？咱们俩上网看的直播，许的愿可是一点都没灵验。"我笑了。"对哦，咱们许下的两个愿望哪个也没实现。"她也笑了。

"今年再试试。"我说。

"你要许什么愿？"她问。

"我的愿望也从未改变。"

"知道了。现在离跨年还剩十几分钟。"

我打开用了十几年的"古董"收音机。

"听众朋友们，本期节目就到这里，下面进入广告……"广告开始，说明距整点报时还有五分钟左右。

"此时此刻，你在想什么？"又是许婷的消息。

"我在读表。"我说。

"你着什么急，时间从来不会因为心急而加快。"

"也是。"

"十，九，八……"广播中响起了倒计时。

"真的好久了啊……"

"七，六……"

"会不会只有我们两个还记得当年发生过的事情……"

"五，四……"

"我决定了，即便代价再高昂，我也要……"

"三，二，一……"

"……回到我的高中时代，而且永远留在那里！"

"咚……"钟声敲响，新的一年到了。

"既然去年的愿望没有实现，就把它寄托给新的一年吧。"许婷说。

"是啊，反正我们的愿望不会改变。"

我想，这个愿望，大概只能在梦里实现吧。

一夜无梦。马上就期末考试了，之后大概会立即把这件事抛在脑后了吧。没有梦想可以，只有梦想可是毕不了业的。

六、秋天的雪花

将思绪拉回现实，看了看手机，现在已经是深秋了，虽然没到立冬节气，可是今天早上竟然飘起了雪花，而且越下越大。"今年的初雪来得好早，"我自言自语道，"这个冬天可能会非常冷，不过也说明下一个夏天越来越近了。"

我喜欢在闲暇时间胡思乱想。下雪了，我坐在窗前欣赏纷纷扬扬的大雪，无意中又想到了那个"思忆殿"，才意识到我已经很久没有被叫过去了。而且，我从任何地方都无法查到它，真是诡异。

"唉。"摇摇头，我转身去拿水杯。伴着开水流动的声音，我的心情平复了许多。转念一想，现在的生活也没什么不好的，一切与几年前一模一样，不是正合我意吗？

只是，我和船帆的关系和以前一样，对我的生活产生了很大的影响。历史没有改变。

正在想这件事的时候，许婷给我发了一条消息："在不在，作业发我一下。""好。"把图片发了过去，我想问她："你听说过'思忆殿'吗？"

最终还是没有问。自己的疑惑，自己解决就好。匆匆忙忙地写完作业，突然觉得有点困。

半梦半醒之间，我感觉有什么东西落在了身上，带来了一丝凉意。下意识扯扯被子，被子怎么没了？

困倦地睁开眼睛，原来我又来到了"思忆殿"。我说被子怎么不见了……"真是'说曹操，曹操到'啊，刚念叨几句，我就又回来了。"仔细辨认了一下，刚才落在身上的，是如雪花一样的细小白色片状物，有点凉。用指尖轻轻托起，还没用力捻就碎成了粉末。

"你来到这里，是有什么困惑吗？"又是那个声音。

"嗯？不是你把我带过来的吗？"我感觉他问这个问题完全是多余的。

"……不重要。我知道你对'思忆殿'，以及对我，有很多的疑惑，也有很多事情想问我。这段时间你克服了心中的疑惑，很好地融入了现在的生活，我想奖励你一下。"

"哦？是不是要给我发个奖状？"这段对话越来越莫名其妙，怎么突然聊到这上面了？难道，奖励我随意问几个问题？

正当我琢磨问什么的时候，整个"思忆殿"中的颜色突然发生了翻转，刺眼的白光让我短暂失明了一会儿。一段时间以后，白色逐渐暗淡了下去，由黑色和星星点点的亮点取代。

"这是什么？"我好像正置身于星河中，这个场景太震撼了，无数的天体从身边掠过，有的向我飞了过来，又在碰触的一瞬间改变了方向。这个场景真可以说得上永生难忘。

"你不是一直想知道'思忆殿'是什么吗？这就是我给你的奖励，满意吧？你好奇的'思忆殿'，我已经展示在你面前了。"

"哇……真美啊……"

"看够了吗？"

"这……有事你就说吧，这幅景象，我一辈子也看不够啊。"

"人类的一辈子……才有多长，肯定看不够。"

"什么？"

"没什么，再给你一点时间，你就回去吧。"

"那我最后再看一会儿吧。"

难得有这样的机会，我干脆直接躺下了，无数的星光立刻将我包围了起来。我好像悬浮在空中一般，在宇宙里自由地旅行。过了一会儿，我竟然感觉有些头晕目眩，我无法辨认方位，只有"思忆殿"的纯黑色边缘提醒着我，我没有迷失在星河里。

"好了，闭上眼睛吧，我送你回去。"又是一次颜色翻转，我什么也看不见了。

过了一会儿。"你可以醒来了。相见，虽然我不能预知未来，但是，我们的生命每时每刻都在缩短，你要珍惜生活中的每一天，不要把时间浪费在……在……"

"你说什么？我没听清。"最后几个字很是模糊，让我想起了大学回家那天没有信号的收音机，二者听起来很相似，不知道是不是我的错觉。

身体感觉到了一阵暖意，看来我应该是回到了属于我的世界里。这样想着，我迷迷糊糊地坐了起来，想把被子拉到身上。

"嗯？"被子竟然已经盖在身上了，我皱起了眉头，缓缓睁开眼睛，天还没亮，但我立刻就发现了，身边的环境和我的卧室不同。这是怎么回事啊？

"见，你醒了吗？"正当我疑惑的时候，传来了一个女人的声音，"再睡一会儿吧，马上天就亮了。"

什么？

七、未来的清风

不对，现在一定不是初雪那天的晚上，这里也不是我的卧室。这是哪，身旁的女人是谁，这一切是怎么回事？

"怎么，睡晕了？"她慢慢坐起来打开了台灯，"正好我也不困了，陪你聊会儿天吧。醒这么早，你是做噩梦了吗？""啊，没什么，我还是接着睡吧。"我支支吾吾地应付了一下，想赶快躺下。"没事就好，我只是怕你睡不踏实。"她又把台灯关上了。

这都什么啊……经过一番摸索，我在床头找到了手机，借着微弱的手机荧光，打开短信翻了翻，相……相卉？难道，此刻躺在我身边的人，是相卉吗？但是，我们之间明明……

这就有些麻烦了，我并不知道应该用什么方式与她沟通，要是交流起来被她发现问题，可就不好解释了。

正当我思考应对办法的时候，她突然从身后抱住了我，"你也真是的，出来玩就是给你减压的，怎么连觉都睡不好了。""嗯……现在是个什么情况？我睡得有点迷糊了……"这种情况下我只能装傻。"唉，还是不能放松下来吗？"她再次打开灯，"你忘了？你工作有点累，我们就出来玩几天放松放松，昨天晚上刚到的酒店，明天要去商场购物，下午去野炊。我说，你不会连我是谁都忘了吧？"她笑了，顺手为我披上了衣服。"你是相卉。"还好我翻了一下手机。"你也没傻嘛。如果你睡不着，咱们就起来聊会儿天吧，等一会儿天亮了就去吃早餐。"

我穿好衣服坐在了桌子旁边，她打开了房间里所有的灯，然后倒了两杯热水放在桌子上，房间便瞬间被温柔的烟雾笼罩。淡淡的香水味，与酒店独有的气味缠绵着，久久不肯分开。

相卉坐了下来，"你这是怎么了，明明现在不需要想工作的事情，为什么半夜会醒啊，压力这么大吗？"我抿了一口水，"可能不是压力的问题，我也不知道是怎么回事。""好啦，不要想别的事情了，让大脑放松放松。"说罢她也喝了一口水。

我这才仔细地看了看她。她比我印象中的成熟了很多，也漂亮了很多，只是增添了一抹沧桑的印记。"你今天很漂亮哦。"她笑了，"我哪天不是这么好看。你要不要再去睡一会儿，天马上就亮了。""没事，已经醒了就不睡了，反正也睡不了多长时间。""别啊，到时候你没精神怎么玩，咱们四个好不容易都有空能一起出来……""等等，四个？什么四个？""你连这个都忘了吗？许婷和航宇跟咱们一块来的呀。"

几个小时后。"许婷，航宇？你们怎么也来了？"在酒店大堂，我震惊地看着许婷和航宇出现在了我的面前。"嗯？不是你们俩约的我们吗？你怎么这么迷糊？""好啦，咱们准备出发！"相卉从前台要了一份地图，向我们挥挥手。航宇一言不发，只是紧紧跟着许婷。

温柔的暖风扑面而来，不一会儿，我和航宇的手上就多出来了不少购物袋。许婷在一家奶茶店前停下了脚步，"航，你喝不喝这个？""我来帮你下单。"相卉说着，把小票塞到我满满当当的手里。"你别……哎哟。""没事吧？"指尖有些疼，可能是被小票的边缘划到了吧。"东西齐了，咱们接着逛吧。相见，你要是渴了就跟我说，我喂你喝。""所以真的要买到连奶茶都拿不了的程度吗？"

出了商场，我们进了一家小饭馆。放下手中的七个大包五个小包，相卉开始点菜。"卉，"我擦擦汗，"咱们下午要去哪野炊啊？"相卉从菜单旁探出半个头看着我，"我预约了一家城外的农家乐，那里可以自己做饭吃。网上说环境还不错，我觉得可以去看看。"

热气腾腾的水煮鱼端上桌，许婷盛了一勺小心地放到航宇的碗里。"在这个空间里，他们的感情真的会好起来。"我这样想。想到这儿，我夹起一块鱼肉。"你不能吃，别忘了你还上火呢。"相卉说，"给你点青菜了，好好去去火。"航宇捅了我一下，"你什么时候成妻管严了？""哼！"许婷捂嘴笑笑不说话。

"从市区到那边得几个小时，你们可以睡一会儿了。"许婷边开车边对我们说。"好。"航宇在副驾驶位应了一声便睡着了。相卉紧紧地抱着我的胳膊。"不用这么用力抱着，我又跑不了。"我笑着对她说。她没出声，只是抓得更用力了。许婷看着我们偷笑，相卉靠着我，慢慢睡着了。

我做了一个奇怪的梦，梦见了很久以前的事情。我一个人走在放学的路上，背负着一天的劳累，伴着熟悉到厌烦的风景，想象着长大后的生活，突然一阵大风刮了过来，我不得不眯起眼睛躲避扬起的沙子。耳边的风声渐弱，我睁开眼睛，发现自己来到了一个陌生的地方。面前是一片丛林，我顺着林中小道往前走了一会儿，看到了一栋四五层高的小楼，楼下停着两辆车。看到这些，我的心中竟然有了一种熟悉的感觉。我尽力去回忆，但是越想头越痛，就好像记忆被什么人抽取了一部分似的。我抱着头蹲在地上，余光看到楼门被打开了，一个人影闪了出来。此时我的头更疼了，刚要说什么，一个熟悉的声音传来，随之而来的香水味也冲淡了专属于树林的清新的味道。"许婷，这个路口直行。"相卉说完后立刻把我摇醒了，"见，你醒醒，又梦见什么了，出什么多汗。"这一瞬间，一切疼痛感都消失了，我也明白了那只是一场梦。"没，没什么。咱们应该快到了吧，就别粘这么紧了呗。"她没说话，抱得更紧了，就好像我随时都有可能消失一样。

一片大草地，立着几十个原始的灶台。周围很安静，一个人也没有。"老板说咱们是 14 号，我去找找。"相卉提着一袋子蔬菜小跑着进去了。"航，咱们也去吧。"他们拉着手一起去追相卉了。

我的时间好像停滞了，有一种无形的压力附着在身上，无法迈开脚步，眼前的景色也变成了黑白色调。我刚才梦见的是什么，为什么会那么熟悉？现在又是怎么了？

意识开始恍惚，没办法思考了。眼前的一切开始分崩离析……我无力反抗，只能任凭失重感撼动着最后一丝意识。

再次恢复意识的时候，满是香水味道的空气灌进了我的鼻腔。艰难地睁开眼，我发现自己躺在一顶帐篷里，相卉穿着防寒的大衣在翻找着什么，过了一会儿，她远远地把一套衣服扔到我旁边，"见，醒醒啦，再不出发我们就赶不上日出了。""哎哟，我这就起来。"虽然不知道现在是什么情况，但我还是赶快穿好衣服走到了外面。四下看看，周围除了帐篷以外只有些花花草草。我毫无头绪，只能旁敲侧击地问相卉："我们现在就出发吗？""是啊，要不然就赶不上了。"我笑了笑，"能让你这么上心，那一定很好看。""希望是吧……我们走吧。"说完便拉起了我的手。指尖传来一阵疼痛，我一下子想起了那天，奶茶的小票也是划的这个位置……

"那个……许婷、航宇不和我们一起吗？""他们？他们有事没来，我之前跟你说过啊，怎么连这个也忘了……好了，咱们快走吧，时间快到了。"

"嗯。"

八、最后的分岔路口

从星夜下的平原上牵着手慢慢走过，不知走了多久，视线的尽头出现了一道巨大的黑色裂痕。"已经走到尽头了，前面是悬崖，没有路了。"我停下来，气喘吁吁地说。这是哪里，为什么会出现这种奇异的地貌，她又想带我去哪儿呢？

"闭上眼睛。"她平静地说。"走了这么远的山路，你累不累？"她没有回答我。我慢慢闭上了眼睛。起风了，刺骨的寒风险些将我吹倒在地。"好了，可以睁眼了。"她的声音十分虚弱。

睁开眼睛的一瞬间，风停了。微弱的光芒照进她的眼眸，她却伴随着光晕倒了下去。我赶快扶着她坐下，她轻轻地靠在我身上。坐在无名的山之巅，一同仰望着微微露白的天空。虽然不知道身在何处，但是至少在这一刻，我的心底满是踏实和放松。

太阳微微地露出了一点。"我真的，好幸福。"她断断续续地说，"真的好希望永远停留在这一刻。""看完日出咱们就赶快回去，好好休息几天。""那，说好了，我们，要永远在一起！""嗯。"她搂得更紧了。

金黄的太阳出现在了云海之上，微弱的光与热将两个人温柔地包裹在一起。云层荡漾，起伏点点，霞光半露，浪及天边。两只手紧紧牵在一起，我能感觉到她在微微颤抖。

"快要结束了吧？"我拍了拍她。此刻，柔和的光芒正将大地照得闪耀。"是啊，日出就是这么短暂，可是为了这一刹那，我们花了很多时间……这一刻有你陪着我，所有的付出都是值得的。"她说话还是断断续续的。

"好了，我们下山吧，你太虚弱了。来，我扶着你。""嗯，走吧，但是我好累……"相卉还没站起来，又倒在了地上。我没有放弃，"我背着你下山，一起回家，去找许婷，我们再一起出去玩……"

"其实，我已经很满足了。你还记得吗，我们重逢的那天……我们谁都没说话。那时我以为我们有一生的时间可以慢慢享受，没想到，现在就要结束了……"

"我会永远记得那一天。你别说话了，留些体力，我这就背你下去……"

"不必了，你没有办法带我走的。不要难过，就像那天你说的：'如果我们在过去走散了，在未来我们一定会重逢。'我，等着你……"

"不，相卉，我……"

泪水飘在空中，如钻石一般镶嵌在澄澈的天空上。四周慢慢变得透明，天空慢慢暗下来，又一下子变成血红色。"相卉……"怀中的人慢慢消失了。还是那种熟悉的压力，将我完全按在了地上。待身边完全变成黑色，身上轻松了很多，我发现自己可以平稳地站起来了。

又是"思忆殿"。"相卉……"

不适感消失了，刚才发生的事情就像是一场梦。现在梦醒了，除了记忆什么也没有剩下。只是，指尖一直在隐隐作痛。难道，刚才的一切都不是梦吗？

"人间的日出，好看吗？你曾经有没有像刚才那样，静下心来欣赏一次日出呢？"深邃的黑暗中传来了一声叹息。

"没有，之前的生活总是匆匆忙忙的。你到底是谁，这是怎么回事？"我面无表情地问。

"你难道还没明白吗？"那个声音有些急躁。

我摇了摇头。

"好好想想吧，这很重要。"

我坐了下来，细细回味着刚才发生的事情。熟悉的人和熟悉的地方，混乱的时空，奇怪的梦……还有这个奇怪的"思忆殿"。

"这所有的一切都是你创造出来的吧？"

"是的。但是如果没有你，这所有的事情从一开始都不会发生。我要给你看些东西，没准你能想起别的什么。不要觉得不可思议，因为这些你都曾经历过。"

四周的黑暗渐渐被五颜六色的光取代，一幅幅似曾相识的图景在我眼前缓缓展开。我看到了很多浪漫的事情：一个几近完美的空间，六个可爱的人，一段神秘的缘分，还有他们一起经历的美妙故事……记忆深处的什么被一点点唤醒了。无意识中，我伸出手想去碰触它们，可每前进一步，眼前的景象就会向后退一些。渐渐地，我跑了起来。眼前出现了似曾相识的落日和松林，又在一瞬间变成了城市的轮廓。很快，周围暗了下来，慢慢浮现出一栋四五层的小楼……

"相见，你还记得它吗？"

"有点熟悉。"

"我再给你一点提示吧。"话音刚落，"思忆殿"立刻失去了所有的光芒，不一会儿又缓缓亮起，变成了我之前见过的宇宙星河。远处浮现出了一个人影，他全身上下都在发光。"那个东西……是你吗？"我指了指他。

"算是吧，不过这不重要。你对'船帆下'这个名字有没有什么印象？"

"呃……有点耳熟。"

"你还记得那个关于流星的传说吗？"

"要是这么说……你不会是流星星神吧？"

"这不是明白了吗？"

"真的是这样吗？"

"当然。人类还是挺聪明的嘛。"

"你让我看到了宇宙，又让我回忆那个传说，所以猜出这一点并不难。不过，这只是我的猜测，这一切的始末缘由只有你知道。现在，我想听你说说，可以吗？"

"真的吗？如果事实与你的期待相悖，你会很痛苦的。你想好了，你真的想知道吗？"

"是。"我没有犹豫。

"不急，给你一点时间消化。这也是给你的一个机会。你听好，现在我要暂时恢复时间线，让你回到正常的生活中去。也许你会感到有些陌生，等你想明白了，就用执念回到这里。如果你依然坚持那个愿望，我就帮你实现；如果你想开始新生活，我会告诉你一切的真相，然后抹除你的记忆，把你送回去，你会在地球上慢慢老去。什么时候想好了，就什么时候回来。你大概只能完成一次传送了，所以这次机会你要好好把握。"

"只靠执念就能回来？而且，为什么只能……"

他打断了我："我的一部分能量沉睡在了你周围，你的执念增强的时候就会唤醒它们，然后把你带到它们的主人身边，也就是这里。现在它们的能量很微弱，估计只能给你一张单程票了。其他的事情，等你下次回来的时候再告诉你。你放心，无论你选择了哪条路，我都会回答你的问题，直到你满意。不过，现在就不要浪费时间了。"

"好吧，那我走了。"

"醒来吧……"

……

雷声和雨声叩击着我的心弦，这里应该是我的世界。

"先生，请醒醒，您的目的地到了。"

"啊，好的好的。"揉揉眼睛，透过镜子发现司机正冷冷地看着我。下意识地去拉车门，司机突然回头："请您拿好随身物品。""啊？哦，哦……"

连滚带爬地下了车，仓促之中险些忘记打开雨伞。淅淅沥沥的小雨打在伞上，空气微冷，让我清醒了许多。"我这是怎么了，好像做了一个梦。"随即笑了笑，做梦不是很正常的事情。单元门不远了，赶快回家喝碗热汤！

九、灵魂的抉择

简单整理了一下，我趴在床上，给许婷发消息："我刚才在回家的路上做了一个奇怪的梦。"

许婷："你梦见什么了，是不是梦见相卉了？"

我说："我没印象了，再说我和相卉已经很久没有联系了。"

许婷："你这……算了，不说梦的事情了。大学这几年你能找得着对象吗？"

"我哪知道？"

"那我告诉你一个诀窍吧：少给我发航宇的照片。"毕业后，航宇离开了这个城市，许婷和他也就没有什么联系了。

不早了，准备睡觉吧。放下手机，卧室突然间暗了下来。相卉，航宇？明明是几年前的事情，却有一种记忆犹新的感觉。"要是困就早点睡觉，说多少次了，别熬夜……"我妈走了进来，卧室也恢复了原来的颜色。原来是因为太困出现幻觉了，而且，那只是一个梦，生活还是要继续的，没有必要太放在心上。轻轻地关上灯，迎着漫漫长夜安心地睡去。

再次回到繁忙的生活中，竟然有一种归属感，好像本该如此。它给了我无数的惊喜，也给了我无限的艰辛，但我明白还是要慢慢去接受它，没准能在煎熬中找到独属于自己的那一份幸福呢？一旦遇到困难或者是委屈，我就会找许婷倾诉，她总是说："想不开的事情就由它去吧，你的未来得靠你自己。就算你有很多放不下的事情，时间也永远不可能回头，珍惜当下吧。"她也有很多放不下的事情，我能感觉到她在屏幕后的惆怅。时间能冲淡记忆，也能让朋友之间的情谊愈发坚固。

时间总是在悄无声息地流逝着，一去不回头。我们都在为生活忙碌着，繁忙中无暇回忆的人或事，会慢慢从记忆中消散，自此，它在这个世界上被永远抹去了。生命的逝去不是灵魂的终点，遗忘才是。

我害怕忘记我的过去，失去我的记忆，也怕很多值得怀念的东西消失在时间长河中。所以，我放弃了很多，走上了"回到过去"这条路。也许没有伙伴和我一起前行，也许目标是很难达成的，但我从踏出第一步开始，就没有过丝毫的后悔。

我可以清晰地回想起很久以前发生过的事情，这项"特殊功能"在工作和学习中帮了我很大的忙。在与同学叙旧时，我也能准确说出当年我们身边的"著名事件"，或者某个老师课上讲的内容。

我每年都会回到菲文路中学看望我的老师，这些年学校里发生了很多事情，有的老师调换了工作岗位，也有很多新老师在这里开启了教学生涯。和曾经的同学一起在校园里闲逛，看着学生在操场上跑步，听到音乐教室里的歌声，总会感慨：这也曾是我们的青春啊。有时因为什么事情要经过菲文路，如果时间宽裕，我也会去校门口看一看，拍几张照片。有时也会和许婷通过照片回忆我们的故事，一聊就是一晚上。在最好的年纪与那么多人发生了那么多事，也许这些话题永远不会有终结的那天吧。

对于之前的那个梦，我没有忆起梦里的内容，也没有多在意。就这样，独自走了很远很远，我收获了春风夏花、秋月冬雪，也被蒙上了一层厚厚的灰尘。

十年后，菲文路中学。

拿着刚颁发给我的聘书，我走向办公室。"哟，相见？你也回来了？"一个女声在我身边响起。"许涵？"我一回头，看见许涵在向我挥手。我有些惊讶，没想到能在这里看见她。"呀，真是你啊，怎么，不记得我了？""……""你要上楼吧？我正好有课，咱们边走边聊吧。""啊，好吧。"

我们两个在楼道里慢慢地走着，我还是有些不知所措，没想到我们能以这样的方式重逢。"好久没见了，你这几年过得怎么样？"我问她。"我啊？也就那样吧，日子凑合过呗。能回来教书应该是我这辈子做得最成功的一件事了。"她的语气很欢快。"我也是啊，为了回来我可是下了不少功夫呢。好像许婷也在这边吧？你们俩应该认识。""对，我们认识，她也在这里教书。""咱们几个抽空聚聚呗，多少年都没见过面了。""好啊，那我就等你们消息啦。""好！"

放学后，我在校门口跟许婷碰面了。"哟，这么快就下课了？是不是第一次上讲台被学生难住了？"许婷笑嘻嘻地看着我。"少来，你下课比我还早呢。"我也笑了。今天是周五，我要与许婷、航宇"共进晚餐"。他们二人的缘分真是不浅，我本以为他们早就断了联系，可是不知道后来发生了什么，他们竟然在一起了。不过，这是许婷一直想要这样的结果，作为朋友我替她开心，其他的事情就显得无关紧要了。我问她："咱们准备出发吧，航宇呢？""宇宇在后面呢，我让他把车开出来。正好跟你说个事。""什么事啊？""暂时不告诉你，不过对你来说是件好事。""你越这么说我越好奇。""明天咱仨都没事，晚上我跟你确定一下时间，明天你出来一趟。""能不能先透露一下……""……宇，我们在这里！"

什么嘛，吊我胃口……我们乘航宇的车来到了一家饭店，在当了几个小时的"电灯泡"后，我拖着疲惫的身子回到了家。洗漱后，我收到了许婷的短信："张老师，早点休息，明天我想让你见一个人，咱们四个一起喝个下午茶。别猜了，猜不出来的。我去休息了。"

这……不跟没说一样吗？

第二天，我和他们一起站在了一家咖啡厅的门口。许婷看了看表，"到时间了，应该到了啊。啊，来了来了。"话音刚落，一个女生从我身后冒了出来。

"这……你，你怎么把她……"我小声对许婷说。"啊？你这是怎么了，一惊一乍的。""她不是相卉吗，你怎么……""哪有相卉？你正常点，这是航宇的朋友，单身。我特意让他给你介绍的，你可别给我搞砸了。""啊，是这样啊……"相卉，她为什么会突然从我脑子里冒出来呢？

这个下午我和他们聊了很多，也谈到了为什么我会放弃在大学学习的专业转而回来当老师。虽然一开始我确实有些手足无措，可至少把流程应付着走完了。她对我可能没那么满意，我们没有约下一次见面的时间。

周末还有一天多的休息时间，我在告别他们以后就回到了老房子。吃过晚饭，抱了抱还在吃鱼的大肥猫，我趴在了床上，这一天总感觉心神不宁的，需要冷静一下。仔细想了想，可能是因为突然回忆起了很多往事吧。它们原本被我压成了一个小团，藏在了内心的最深处，今天不知怎么，就像干海绵遇到了水一样，膨胀得充满了我的大脑。

"你还是没有放下那些事情和那些人。"这是许婷的观点。我觉得我永远放不下他们。

这件事只是人生路上的一个小插曲，我的生活很快就被各种各样的事情充满了，没有精力去回忆什么了。我以为这样才是一个人的正常状态，直到后来，我和许婷、许涵聚餐……

"你还记得咱们高三拍毕业照的那一天吗？"许婷放下

筷子对我说，"我一直在看你们班那里。""我……"我支支吾吾地说不出话。"我记得，但那时候咱俩还不怎么熟悉，我没怎么注意你。"许涵抢在了我前面。"我觉得那天真的很有意思，各种方面都有意思。""是啊，不过现在坐在前排和自己的学生照相，有一种很陌生的感觉。""可能是我们只适合当学生吧……""哈哈哈……"

晚上，许婷问我："你今天是怎么了，怎么我们俩聊什么你都不说话？""我不知道……"我真的不知道，我的脑子里好像只剩下了关于工作的事情。今天她们聊了很多往事，而我就像在听故事一样，只能尽力记下每个情节，而回忆和讲述本该是我擅长的。

努力了那么久，我终于变成了曾经自己喜欢的"大人"。在菲文路中学教书，在老妈眼里是一件"光宗耀祖"的事情，但是，我失去的太多了啊。我的回忆丢了，永远都找不回来了。在满是重要回忆的地方失忆了，也许世间没有什么比这更痛苦了吧。不禁想起在十几年前我曾思考过的问题：我到底在追求什么，又会得到什么呢？那时的我没有想明白，只是抓着青春的末梢"疯狂"了一把，追逐着心中虚无缥缈的未来，最后得到了这样的结果。现在的我竟然回到了原点，生活再一次陷入了迷茫。只是，我不再年少了。

十、流星的新传说

躺在床上，我一遍又一遍地回忆着脑中仅存的往事，最终长长地叹了口气。现在的我拥有了物质上的满足，却丢掉了精神上的寄托。如果那时没有选择回到这里，只是麻木地过一辈子，会不会好受一些呢？我不知道。当然，我也忘记了为什么会做这样的决定。也许只是某一刻的冲动吧。

总以为只要回去了一切都会好起来，现在我终于明白，是我错了。

时间过得很快，不知不觉间我也步入了中年。我想念青春年少的自己，那个意气风发的相见，那个无拘无束的相见，那个会将身边的一切都锁在心里的相见……睡不着，干脆找许婷聊聊天吧。听了我的想法，她说："你已经回到菲文路中学了，怎么还有这么强的执念？而且你说过，只要能回来，付出什么代价都可以接受。你现在是怎么了，一点也不像我认识的相见。"

我不知道怎么回答她。菲文路中学就像一座大花园，我曾经从这里起飞，可是再次归来却觉得无比陌生。"也许这就是大人的世界吧，我那时没有认识到这一点。""你要不睡觉去吧，自己跟自己较劲不会有结果的，不如明天清醒了再想……"

那天晚上，我做了个奇怪的梦：一个闪烁着白光的人影缓缓向我走来，轻轻指了指。我看向他指着的方向，发现我身边也笼罩着一层微弱的白光。他的双手合一，在半空中竟然凭空出现了一个光球，一下子钻到了我的身体里。

"如果你想好了，就用执念回到这里吧。"这是什么？为什么会突然出现在我的脑海中？

我被惊醒了。窗外很安静，城市沉浸在睡梦中。我对着夜空，闭着眼睛颤抖着默念：我要回到过去，我要回到过去……再次睁开眼睛，我发现那个闪烁的人影就在眼前，只是光芒暗淡了许多。我想起来了，这里叫作"思忆殿"，是一个险些被我遗忘的地方。

"你回来了？"

"我能不能先问问你，这一切是怎么回事？你放进我身体的那个光球是不是我曾经的回忆……我想起来了，我都想起来了，对，你是流星星神，我……"我有些崩溃了，完全控制不住自己。

"不要这么歇斯底里，你想知道的所有事情我马上就告诉你，你先冷静下来，好好听着。"他笑了，那个身影慢慢向我靠了过来，在我面前停下了。

他又把一个光球推到了我的身体里。我的身体没有什么感觉，只是脑中好像灌入了一股热流，一些记忆正在慢慢复苏……

"相见，是叫这个名字吧？我听到了你的愿望，感受到了你的执念……""我可以帮你实现这些愿望，但是你要答应我，不去想那些无关紧要的事情。进入深度睡眠，这样我才能实现你的愿望……""原来，有这种愿望的不止你一人，你有伴了……""很好，大家都到齐了，接下来我要分别安排一下你们的过去和未来……""崭新的生活要开始了，我会抹去你们的部分记忆以适应新生活，当然，如果你们'走偏了'，我会提醒你们的。"

"好熟悉……好像曾经有人跟我说过这些话。我想起来了，这些年发生的所有事情……竟然是这样。我明白了，都明白了……"

"不要着急，你还有很多想不通的事情，我从头给你讲吧。十几年前，我收到了一个奇怪的愿望。许愿的人是一个孩子，他的愿望是永远留在高中时代。我并不了解你们世界的法则，也不知道这个词是什么意思，只是读取了他的记忆，粗略地估计了一下时段。我做这件事只是出于好奇，因为改变时间很难，而且风险很大，稍不留神就会被我们的法则吞噬，所以我一开始没有在意。可是，此后每当我引导流星划过地球时，都会收到他的愿望，而且愿望的内容从来都没有改变过。

"我思考了很久，一次又一次读取他的记忆，我发现那段时间对于他而言并不是一帆风顺的，甚至发生过很多痛苦的事情，为什么他还是要回去呢？如你所知，我在地球上空隐藏了几百万年，接收过无数的愿望，这样的愿望还是很少见的。不知为什么，收到他的愿望以后我接连收到了很多类似的愿望，它们来自不同的人。最后我发现，这些许愿人都与他有着千丝万缕的联系，而且这些愿望有一个共同点：它们都有着很强的执念。

"最终我决定帮他实现这个愿望。有两个原因：一是执念是一种强大的力量，如果为我所用，在实现愿望之后我将会获得足够的能量得以继续潜伏在这里；二是这种跨越时空的愿望在以前从来没有被实现过，实现它对我来说有一种标志性的意义。所以，我提取了他们六人的记忆，创造了一个独立于世界外的空间，除了那六个人外，其他人无法感知到那里。我趁着其他同类放松的时候，偷偷地切断了时间，在过去的时间线上重新编排了你们的过去。"

"我明白了，我就是那个许愿的孩子，另外五个人就是我梦里的那五个人，你创造出的那个独立的空间被我们称作'船帆下'，原来是这样啊。"我的心里依然有很多的疑问，"相予、船和两个人是凭空消失了吗？还有，为什么我感觉'船帆下'就在地球上，你又是怎么让我们六个顺利融入这种本不应该发生的生活呢？"

"这些问题都不难回答。'船帆下'从一开始就被我放在了地球上的一个偏僻的地方，我保留了你们和外界之间的联系，所以外界不会对你们的存在产生怀疑，你们也不会对'船帆下'有什么疑惑。在我们的眼中，人类的一生只是一瞬间的事，几年的时间变动不会引起别的同类的注意。而且你们太普通了，就算我让你们消失也不会被发现。综合这两点，我毫无顾忌地去按我的想法行动。为了让你们全身心地接受这个编排的世界，我使用你们人类最亲密的亲属关系重新编排了你们的生活，所以相予实际上就是航宇，说到这里你应该就能想到船和就是许婷了吧？我又用了一种叫作'情怀'的情感让你们慢慢接受其他人的到来。你们的过去我也尽量编排得合情合理。这些都是为了打消你们的疑虑，虽然有些瑕疵，但我觉得这样一个世界已经足够完美了，只是没想到……"

"没想到我不放过任何一个细节，也从未停止过思考。"

这样的身份转变，换到平时我一定会惊讶得说不出话，但是在更大的疑问面前，倒是显得有些微不足道了。

"是啊。'船帆下'是靠我的力量维系的，你总有怀疑的事情，使你的灵魂无法完全融入，导致'船帆下'出现了能量波动，放任不管的话会造成严重的后果。你听过关于我的传说，应该知道我现在的力量已经所剩无几了，但是，我还是使用了最后的力量进行干预，甚至在其他人的梦中告诉他们，无论如何都要打消你的怀疑。"

"可是我依然坚持着自己的想法。"

"随着我的力量衰减，空间的波动愈发剧烈，'船帆下'出现了极大的变化，即使是巅峰时期的我也很难让它'起死回生'。从你看到暴风雨的那一刻起，事态就已经无可挽回了。空间开始收缩，异常的事情越来越多，而你的怀疑也越来越重，形成了恶性循环。如果继续下去，你们的灵魂将随这个空间一同崩溃消散，这样这件事一定会被感知，麻烦可就大了。'船帆下'在最后的时刻已经被封闭起来，无法到达外界，我只能强行在边缘撕开一个口子给你们创造离开的机会。当时你们六个都在一起，而且相卉已经发现了出口，我以为你会开着车带他们出去，可是……"

"我的手感觉到了一种阻碍的力量，我以为是它故意不让我离开，在那种情况下，为了保证他们的安全，我只有留下。"

"肉身接触当然会有反应，你们的车可以暂时抵挡它的压力，这点时间足够让你们离开，可惜你没想到。这一点有些出乎我的意料。在它崩溃的最后一刻，我强行把你传送到了这里，可是你已经失去了意识。我的力量很微弱，不可能帮你们重建'船帆下'，也没有能力创建一个新的空间。无奈之下，我只能悄悄复原时间，让你们六个回到被切断的时间点重新来过。这是我第一次许下诺言而没有兑现。就在我自责的时候，无意间犯下了一个大错。"

"你忘了抹除我的记忆。"

"没错。他们五个人的记忆在离开那里以后立刻就被我抹去了，我却忽略了你。那时你的生命气息十分微弱，仓促之下我没有多想就把你送回去了。想起这件事时，我发现你把这一切都当成了一场梦，这使我稍稍放心了一些。空间被我撕开后，能量在一点点散失，也就不再危险了。只是，散失的能量并没有回到我的身边，而是全部向唯一留下了记忆的你的身上聚集。'思忆殿'是那些能量的源头，所以这几年你会被一次次带到这里来，这并不是出于我的意思。至于这里，为了和你们交流，我学习了你们的语言、文化、符号。'思忆殿'这个名字，就是根据你们的文化起的。你也看到了，它在宇宙中，其实我们正站在一颗被我创造的小行星上。你面前的这个身体，是我根据人类的形态塑造出来的，这样的话我们交流时你不会有太大的异样感。你有没有发现，他在一点一点暗淡下去？"

"是啊，为什么会这样？"

"因为我的能量即将枯竭，就连这里都难以支撑了。还记得你接触到的那些粉尘吗？它们是小行星因破裂产生的灰烬，所以接触以后你的手指疼了很久，它们本应被隔绝在外面的。很快，这里会像'船帆下'一样崩坏破碎，唉……"

"竟然是这样……我真的不敢相信，我曾经度过了那样的时光……那，我们去探源寺游玩的时候，虚还和尚口中的奇异事件是什么，这个你知道吗？"

"佛门中人可能能感知到你们的异常，这些我不是很清楚，在这个过程中我不可能去洞察你们可能接触到的人，更何况，我连你都没有完全了解。你还有什么想问的吗？"

"我还有一件事不明白，'船帆下'的洪水是怎么回事？还有，那时为什么你说是我救了自己呢？"

"那时船帆早已形成了对你的依赖，你又不顾危险抢救出了你们俩的照片。那场洪水是因为'船帆下'发生波动才产生的，它本身也是构成'船帆下'力量的一部分，因此它在感应到这些后，将你传送到了这里让我处置。你过来之后，为了不引起你的怀疑，我根据洪水冲刷的路径把你传送到了'船帆下'的边缘，你醒来后我又幻化出这个人形引导你回去。不过，'船帆下'的波动就是因为你不愿完全融入才产生的，而它本身没有力量抗衡。你过去的岁月时而平坦开阔，时而跌宕起伏，所以地形变成了你的心灵的样子：有花朵盛开的草原，也有深山巨谷，那里本来只是平坦的林地而已。最后的那个大山谷，是我用力量直接把你传送下去的。"

"我明白了。不过我还有几个问题，我们可以直接进入菲文路中学参观不需要提前预约登记，还有在后来我做的那两个梦，又是怎么回事？"

"去菲文路中学的行程是它安排的，我的一部分能量也就由它支配了，也许是它暂时改变了你们世界的法则。至于后面的事情，因为围绕在你身边的能量没有被我收回，所以它不知道我已经失败了，这才会将你不断地带到其他的时空里，继续执行着我最初下达的指令。如果你觉得很混乱，可以这么理解：所有奇幻的、不可思议的事情都是一场梦。"

"要是这么说……那不对啊，他们的执念真的和我的一样吗？"

"嗯？这是什么意思？"

"我们有着不同的过去，执念也就不可能完全一样，你让我们进入了同一场梦，如果有人不喜欢你编排的梦境，你要怎么办？"

"首先，生活是你们自己的，我无法编排。其次，难道你现在还不明白你放不下的是什么吗？"

我摇了摇头。

"是你们相遇、相识产生美好回忆的年纪啊。"

"在菲文路中学的青春吗……"

"你觉得呢？"

菲文路中学就像一座大花园，我们在那里生根发芽，绽放出最绚丽的花朵，又被剪去多余的枝丫，让我们学会挺起枝干迎接未来。在最好的年纪遇到了值得陪伴一生的人，经历了永生难忘的事，却只有在结束以后才会感到幸福。离开的那一刻，我就知道永远回不去了，这一切怎么能轻易忘怀呢？

再也不会有那么美好的生活了，再也不会有那么美好的年纪了。无数的回忆在脑中融合，此刻我终于明白了，我这些年苦苦追寻的究竟是什么。

"嗯，也许是这样吧。"我的心情有点沉重，"我想最后问你一件事：如果我没有对环境产生疑虑，我们会不会永远在'船帆下'生活下去？"

"很有意思的问题。在回答你之前，我想先听听你的看法。"

"这不是显而易见的吗？我觉得肯定是可以的啊。"

"我的回答是，不会。"

听完这句话，我细细地琢磨了起来。"你在想什么？"他问我。"我在想我们的性格能不能在很长的时间里保持契合……""这件事没有那么麻烦，考虑一下自己就行。"

"我不明白你的意思。"

"很简单，你会产生那么多的疑惑并一直思考求证，是你的性格决定的。好奇，探索，发现了什么就一定要刨根问底。如果你真的为了什么目的，抛弃了自己的原则去迁就，你就不再是你了，那我实现的又是谁的愿望，满足的又是谁的执念呢？为了理想的生活抛弃自我，到最后你会变得一无所有。就像青春一样，只有永远的时间，没有须臾的感动，你还会怀念它吗？"

我没有说话。"好了，无论之前的事情多令你怀念，现在梦醒了。痛苦吗？不过，无论你的感受如何，现在都要做出选择了。你想继续目前的生活，还是回到过去？机会只有一次，一定要想清楚。你现在回到过去，未来可能不会变成你曾经经历的那样，会出现很多变数。你可能会失去一切。我给你一点时间好好考虑考虑吧。"

"我要回去。"我没有犹豫。

"你真的要放弃现在的安逸，回到过去重新生活吗？"

"失去了自我，就算获得了全宇宙，又有什么意义呢？你说得对，我一直在追求的是那个永远充满活力的相见。既然有这个机会，我当然要好好把握了。我的自我丢了，我要回去找它。"

他沉默了一下，"只有阅尽千帆才会发现，最好的年岁永远在身后。人类如此，我也一样。很多人穷其一生都想回到过去，你也是他们中的一员，只是连我都没能实现你的愿望。不过既然你想好了，我就成全你吧。你很快就会回到被我切断时间线上，他们五个也是。你们会被抹去未来的身份和记忆，好好享受你无论如何都要回去的世界吧。时间过了这么久，你还是没有丢掉青春的气息，希望你能利用这个机会来弥补遗憾。这个机会可不是谁都有的。"

我刚要闭上眼睛，又听到了他的声音："除了这个以外，我还可以实现你的一个要求，你考虑一下吧。"

"为什么，你并没有许诺这个啊。"我有些不解。

"你兜里的东西就是原因。"

我摸了摸裤兜，不知何时出现了一个小盒子。借着微弱的星光辨认了一下，"这不是参加相予成人礼的那天，船帆送给我的吗？"

"是啊，你一直没有打开，你难道不好奇里面是什么吗？""我……"

不知为何，我的手竟然颤抖了起来，就好像回到了那天，没有任何原因，就是不敢打开。不舍得？激动？害怕？我不知道我在担心什么。最终，我长舒了一口气，把它举到了眼前，缓缓打开了盒盖。我闭上了眼睛。

过了很久，我缓缓睁开眼睛。盒子是空的。

"为什么……"我止不住地颤抖着。

"到现在你还是不明白吗？"

我摇了摇头："不明白。你知道里面装的是什么吗，能不能告诉我？"

"我当然知道，但是不能告诉你。"

"为什么？"

"因为，无论多么美好的东西，一旦蒙上了一层犹豫拖延，就像雾气中的雨花石一样，会在心中破碎，被错过，永远都无法得到了。"

盒子从手中滑落，消失了。

"相见，你一直都没有变。我知道你曾无数次想过，如果再勇敢一些、再直接一些，或者再细致一些，那些令人遗憾的事情会不会迎来不一样的结果？这个盒子只是我临时制造出来的，真正的它已经和'船帆下'一起消失了。我知道你对过去为什么会有那么强烈的执念，但是，经历了这么多，我想你应该明白，过去的事情永远不可能改变，无论回去多少次都一样。不如借着这个机会开启新的生活，过去的事情就让它过去吧。珍惜当下，才能不给未来留下遗憾。一味回忆过去、留恋过去，只会让眼前的美好白白流逝。你想要一个苦苦追忆现在的未来吗？你有很多事情难以释怀，但是这些事情汇聚成的执念与愿望，连我都无法帮你实现。不过，你是人类，人类有自己的生活，有很多需要做的事情，也有很多的朋友可以排解孤独，不像我，永远孤寂地在宇宙中游荡，无限地重复着一件事情，很无聊，而且没有选择。如果你永远留在了某一段时间里，相信很快就会有和我一样的想法了。

"你能把握的只有现在，有一个完美的现在才会有出色的未来。所以，我再提醒你一遍，对于你未来的走向，不要冲动，一定要好好抉择。"

我点了点头，"明白了，全都明白了。我还想知道，这一切结束之后你还会继续实现人类的愿望吗？"

"把你送回去以后我要先回到我的空间去休整，否则……至于你们人类的愿望，我还会像之前那样帮你们实现，只不过我会换一个方式，把你们的愿望带回去。我们可能不会再见了。"

"我不明白，你明明这么厌烦自己的生活，为什么还要继续下去？如果你只是做自己喜欢的事，不再照顾人类，不是很好吗？为什么要这么为难自己，难道只是因为那句诺言吗？"

"这还不够吗？"

"可是，已经过去几百万年了，你为什么……"

"我也有我放不下的执念啊。"

他和人一样，有感情，做事也有侧重。

"好了，我说得已经够多了。我最后问你一次，你的未来，你真的考虑清楚了吗？"

"是的。"

"那就好，我们开始吧……"

"嗯……"

6

终

章

『重逢』

"你的选择是？"

"我要回到过去，既然最后注定会失去青春的印记，那么在那之前，我想再一次把它烙在我的心里。至于额外的要求……我愿意失去一切，唯独不愿失去回忆，无论是什么内容，都是我最宝贵的财富。"

"我明白了。虽然这个要求有点出格，但我还是帮你一把吧。不过……"

"不过什么？"

"答应我，回去以后静下心来，看一次日出，好吗？人类世界的日出，很美。"

"嗯，我答应你。"

"再见。"

"再见……"

再醒来，小黄猫在我身边喵喵叫着。闹钟的噪声和老妈的声音交织在了一起：相见，醒醒，该起床了，今天你们合唱团不是去演出吗？可千万别迟到了。

收到了许婷的消息：好好表演，你不会还在睡觉吧？别去晚了。记得给我拍点航宇的照片哦。

换好衣服，合唱团整装待发。天气很冷，大家穿着羽绒服在剧场后台进行最后的排练。

长亭外

古道边

芳草碧连天

问君此去几时来

来时莫徘徊

……

休息的时候，我轻轻地拍了一下相卉，把一瓶矿泉水递给她。

啊，谢谢。那个，你……你好，学长，你叫什么名字？

咦？她不认识我了吗？

环顾四周，团长在搬水，航宇在和朋友聊天，许涵在拍照，船帆和老师在说着什么……

你好，我叫相见。

看了看窗外，冬日的白色天空，太阳有些黯淡，依稀能看见有一条黑线划了过去，消失在了白昼的光芒中。

"相见，集合了！"团长对我招手。

"来了！"

这一刻，我终于回到了你的怀抱中。虽然在不久的以后注定会和你告别，但我将不再四处漂泊，而是会永远留在这里，和你一起在时间的洪流中化为一粒尘埃，共同见证这片土地上发生的一切，直到永远，永远……

后记

　　故事到这里就结束了，感谢大家读完了这个故事。故事不长，文笔也做不到尽善尽美，还请大家海涵。不知道要在这里写点什么当作结尾，那我们就聊聊天吧。

　　对于我们所有人来说，2020 年都是艰难的一年。那年的一月，我因偶染小疾未及时治疗，恶化成了肺炎，险些被隔离。在除夕那天我输完最后一瓶药，完成了治疗回家静养。稳定下来后，我的状态并没有调整好：网课不好好听，考试成绩也不尽如人意。每天最开心的事情就是吃完晚饭，放着最喜欢的纯音乐，和好朋友在网上聊天到深夜。几个小时可以聊很多话题：作业和考试的内容，喜欢的音乐，偷偷喜欢的人，还有我们尚未适应的生活。那时的我有很多梦想：去部队，当律师，开饭馆……很多很多。我以为一切会很快过去，四月底的复课通知更是让我确信这一点，但是和那些"梦想"一样，有些天真了。

　　恢复线下上课的第一天，我看错了去学校的时间，出门的时候已经晚了很久。匆匆忙忙赶到教室，看到的场景我这辈子都忘不了：所有的同学穿着已经有些陌生的校服，整整齐齐地坐在课桌前。我怔了一下，随后快步走到了我的位置坐下。整理课本时悄悄往旁边看了看，大家都在全神贯注地盯着黑板。这种感觉陌生又熟悉，让我恍惚了好久。

之后的生活，除了需要戴口罩和分隔吃饭以外和上一年没什么区别。晚自习取消了，学校让我们早点回家，闲下来了才感觉到告别的日子一天比一天近了，不像以前那样，觉得高中生活永远都不会结束。

在最后一节体育课上，我和朋友在操场上投篮，下课的铃声提醒着我，这样的美好已经结束了。很快，某次考试结束的下午，我把所有的东西都收到了书包里带回了家，我们要回到居家学习的状态直到高考。学习，看书，休息……时间真的像飞一样从我身边流走了。

毕业后，我经常会想起曾在"菲文路中学"发生的事情：合唱团的演出比赛，"一二·九"合唱活动，秋游和运动会，游学，永远写不完的作业，无边无际的"早起晚睡"，一闪而过的休息和假期，紧张地查看考试排名，"暗无天日"的晚自习……和朋友聊天的时候，也会提起在我们这一届中断的成人礼和毕业典礼，对于我来说，这一届也没有合唱团的告别仪式……虽然现在有了很多时间，随时都可以回去看看，可是那时的感觉，还能留下多少呢？时过境迁，物是人非，很多都已经找不回来了。

毕业后的那个暑假，我们陆续收到了大学的录取通知书，很快就要分开去往不同的地方。不久之后，进入了全新环境的我，试着开启新生活，也尝试过忘记过去：我的朋友，亏欠我的人，我亏欠的人，我们一起做过的事情……但我发现我做不到。我依然做着曾经做过的事情：加入学生会，参加社团，参加合唱比赛……在面试时，某个社团的负责人问我：你能不能说一说为什么会来面试？我脱口而出：因为我高中就做过这些。这四年里我做了很多事情：学一门非本专业的学科，参加学术竞赛，参与征文活动……也遭遇了无数的变故：被学生会裁员，各种组织混乱的活动……渐渐地有些麻木了。学会机械地遵循这里的规则，生活反倒轻松了很多，没有以前那么累了，也有了一些空闲时间去做我想做的事，或者学习一些技能。

我与很多曾经的同学一直保持着联系。"许婷"跟我的关系最好，就像书中写的那样，我们遇到什么事情都会告诉对方。就这样到了第二年。某一天的深夜，我有些睡不着，躺在床上刷着手机，看到一条"回忆向"的视频。一瞬间，泪水真的可以说是"喷涌而出"，打湿了枕巾。我怕吵到室友，不敢发出太大的声音。这种状态一连持续了好几天，后来我和"许婷"聊了聊，她说：我帮不了你，因为我也放不下。正如文中写的那样，所有的事情都在发生变化，唯独我的执念始终如一。

世界每分每秒都在发生变化，我喜欢的、放不下的，有很多正在永远消失的路上，这一点大大地打击了我。不禁回到了最初的问题：以后我要成为一个什么样的人？从小就开始思考的问题，到现在我也不能给出一个确切的答案。

我在一些社团里混得"风生水起"，成了很多人眼中"厉害的人"，很多后辈也都在向我学习。我明白，这些是过去的成绩，我应当继续创造我的未来。但是，同样是过去的事，为什么"菲文路中学"一直让我放不下呢？

想了很久，决定用这样一句话来回答："小学时用六年时间盼望着中学，中学时又用六年的时间盼望大学，在大学用四年怀念中学，又用一生的时间祭奠青春。"虽然忘了是谁写的了，但我觉得刚好能解答这个问题——至少现在是这样吧。

我在2020年底开始写作本书的前身《桅杆上的星光》，这是一篇连载小说，我按照记忆中的四个人，初步塑造了船帆、相见、相予、船和这四个人物形象，并设计了一些事件让他们相遇相知，甚而相恋，但是基调过于轻浮，想象也有些不切实际，就没有继续写下去。2021年初，我参加了一个全国范围的征文活动，文章入围前七十名，可惜没有得奖。我趁热打铁写了一篇文章，叫作《金色雨天的烟火》，以一万字左右的篇幅重新塑造了此四人的性格，设计了一次旅行让他们彼此熟悉、彼此信任。在修改的时候我发现，背景介绍得有些不清晰，剧情也有不合理的地方，除了旅行的思路值得保留以外，其他的干脆推翻重来吧。不久以后，《带你去花飞过的地方》宣告完成，"许涵"加入了这个大家庭，我依然以旅行为推进事件发展的契机，自然而然地把这个人物安插了进来。紧接着，"相卉"在《我们的成人礼》中出现，我顺利地把这六个人物凝聚在了一起，并在一场莫名其妙的"霜"中结束了这场幻梦。但是如此收场太过草率，经历了风雪冰霜才知温室的惬意，又有谁不会怀念呢？于是就有了《我们永远不分离》：我们长大了，如果按大人的思路回到过去，又会发生什么呢？能不能弥补心中的遗憾呢？便以此结尾了。

写最后一部分故事的时候我带入了很多往事，写得很激动，一度陷入了混乱与迷茫，难以分辨何为文章，何为现实，也因此闹出了不少笑话。所以，整个故事也就得到了这样一个评价：虚幻的回忆录。

这几年，我经常会回到"菲文路"去看看。"菲文路中学"在十字路口的西北角，我上学的时候地铁站的西北口正在修建，需要过马路才能到学校。再回去的时候地铁站已经修好了，"菲文路"变得宽敞且漂亮了，于我而言却陌生了很多。街边的饭馆、便利店，这些我们经常去加餐的地方也有了很大变化，一些充满回忆的地方消失了。不禁感叹，时过境迁，水流花落。但是，这里一定会出现新的故事，新的回忆，也会有人像我一样把人生染上它的颜色。在这个过程中，它不断地充实着人们的生活，无论未来会是什么样，它都会永远留在我们心中。

每次走过"菲文路"，我的心境都不尽相同，有时是春风得意，有时是失意惆怅。这条路承载了太多的东西，但是没有丝毫的抱怨，只是默默记录着我们生命的痕迹，使它们不会被尘土掩埋。

写下这些之前我回到那里吹了吹晚风。它只是一条普普通通的路，车水马龙，众生百态，每时每刻都有匆匆忙忙的行人和游客经过。从毕业的那天起，我也变成了它的过客，来去匆匆，甚至没有足够的时间用心感受那里的氛围，即使那种感觉是我最喜欢的东西。踏上"菲文路"的那一刻，便会有一种亲切感：我又回来了。但是很快，我就发现我不再属于那里了。我已经长大了，它或许已经不认识我了吧？也曾幻想过像相见那样，某天醒来突然回到了过去，带着所有的记忆重温那些幸福的时光，但我也明白，定然不可能实现。时间不会逆转，人生也没有回头路，犹豫的、错过的，永远都回不来了。

青春就是这样，不知什么时候来到了我的身边，又在不经意间溜走了，只剩下我走了很远，静静地写着这本虚幻的回忆录。如果真的有相见那样的机遇，面对丰厚的物质生活以及新的观念和生活侧重点，我会和他一样选择保留记忆回到过去吗？回去的路上会有人和我一起吗？我不知道。

大学社团的队长曾说过："人从哪里来，就要回到哪里去。"是啊，我就是从那里起飞的，无论身在何处，心会永远和它联系在一起。决定提笔的时候，我怀着青春的热血和无限的回忆写下每一个字，故事结束的那一刻、停笔的那一刻，一切都已尘埃落定，我所想念的、有所执着的，除了写下来的，可能都已经消散在记忆深处了吧。

结尾部分我曾与"许婷"讨论过，她觉得过于平淡，我也自觉不够"浪漫"，但是我决定不做改动。那时的生活就是这个样子的啊，总觉得每天无比平淡，但自己永远不知道，那将成为人生中最为激昂的岁月。

就像相见永远不会知道，成人礼那天快门按下的一瞬间，将成为他最为难忘的记忆，由须臾的记忆变成永远的感动。

写到这里已然有些不知所言，才发现该说的不该说的都写了。也许，我已经足够成熟，可以从名为青春的学校毕业了；也许，我还没有具备毕业的资格。

谁知道呢？

许霜，于 2024 年暮春。

致谢

在创作的过程中，我经历了很多事情，也认识了很多人。和相见一样，我也在不断地成长着，这个过程中少不了亲人朋友的支持与陪伴。感谢来自米画师平台的优秀画师 wkrily 为本书设计的封面，让它漂漂亮亮地展现在大家面前。最后的最后，我要特别感谢以下同学与朋友：

黑子哲也	齐木楠子	逢生	钟昂木
树蕙	辰午	凉冰	凉笙墨染
Augustin	小酒	J.	小箱儿
轩空	阿棉	凝一	四个字
我是一个蓝胖子	心还是热的		上杉绘梨衣
怀言者	斯坦福桥的中轴线		不是老北鲸

谢谢你们陪我一起慢慢长大。

祝各位读者永远年轻，祝朋友们生活顺利，祝愿"菲文路中学"越办越好。